U0127793

中国当代童话新锐作家丛书

书本里的蚂蚁

王一梅 著　　夏末工房 绘

福建少年儿童出版社

图书在版编目（CIP）数据

书本里的蚂蚁/王一梅著. —福州：福建少年儿童出版社，2008.3

（中国当代童话新锐作家丛书. 第二辑）

ISBN 978-7-5395-3206-6

Ⅰ. 书… Ⅱ. 王… Ⅲ. 童话—作品集—中国—当代

Ⅳ. I287.7

中国版本图书馆 CIP 数据核字（2008）第 023164 号

书本里的蚂蚁

——中国当代童话新锐作家丛书（第二辑）

作者：王一梅

出版发行：福建少年儿童出版社

http://www.fjcp.com e-mail：fcph@fjcp.com

社址：福州市东水路 76 号（邮编：350001）

经销：全国各地新华书店

印刷：福州德安彩印有限公司

地址：福州市金山埔上工业区标准厂房 B 区 42 幢

开本：890×1240 毫米 1/32

字数：115 千字

印张：6.25 **插页：**8

印数：1—5090

版次：2008 年 3 月第 1 版

印次：2008 年 3 月第 1 次印刷

ISBN 978-7-5395-3206-6

定价：13.00 元

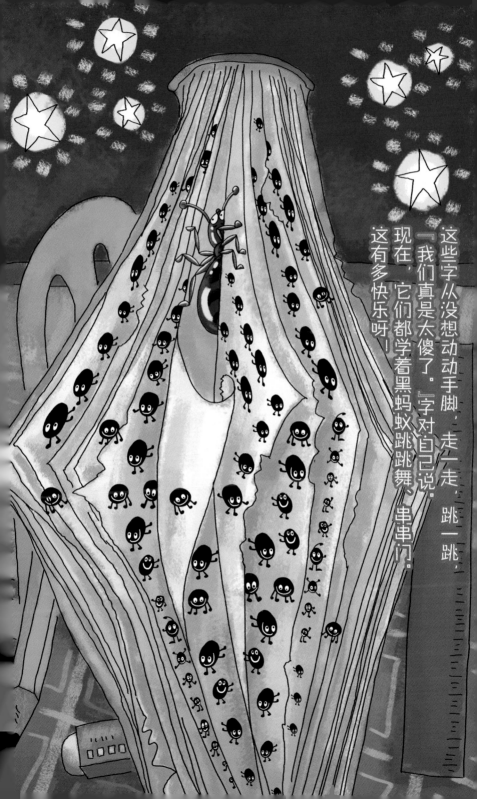

这些字从没想动动手脚……走一走、跳一跳……

「我们真是太傻了。」字对自己说。

现在，它们都学着黑蚂蚁跳跳舞、串串门。

这有多快乐呀！

他是一只不受欢迎的老鼠，一直流浪了很多年。为了结束这种生活，他拖着他的小皮箱，敲开了蔷薇别墅的门。

蔷薇小姐说："如果你保证不咬坏我的木栅栏，不咬坏我的窗帘，我同意你住这里。"

我发觉我已经变成了羊，因为我看见自己的手变成了羊的前蹄。

和花猫的战争就这样开始了，
门之间不是游戏，是真正的战争。

没有人发现，一条鱼和他们一起走在大街上。

他浑身黑白的条纹，

站在城市的任何一个角落，

人们都会很容易就发现也的。

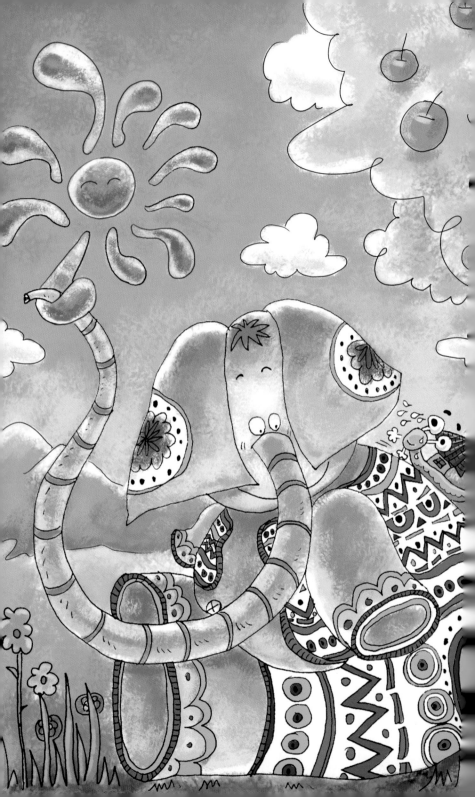

目　录

中国当代童话

新锐作家

2

丛书

书本里的蚂蚁

古老的墙角边，孤零零地开着一朵红色的小花，在风里轻轻地唱着歌。一只黑黑的小蚂蚁，顺着花枝儿往上爬，静静地趴在花蕊里睡觉。

小姑娘经过这儿，采下这朵花，随手夹进了一本陈旧的书里，小蚂蚁当然也进了书本，夹成了一只扁扁的蚂蚁。

"喂，你好，你也是一个字吗？"书本里传来了很整齐的细碎的声音。

"是谁？书本也会说话？"黑蚂蚁奇怪极了。

"我们是字。"细碎的声音回答着。黑蚂蚁这才看清，书本里满是密密麻麻的小字。"我们小得像蚂蚁。"字很不好意思地回答。

"我，我是蚂蚁，噢，我变得这么扁，也像一个字了。"黑蚂蚁挺乐意做一个字。

书本里有了一个会走路的字。第一天，黑蚂蚁住在第 100 页，第二天就跑到了第 50 页，第三天又跑到第 200 页，所有的字都感到很新奇。要知道，这是一本很陈旧的书，很久没有人翻动过了，而这些字也从没想动动手脚，走一走或是跳一跳。"我们真是太傻了。"字对自己说，现在，他们都学着黑蚂蚁跳跳舞、串串门。这有多快乐呀！

旧书不再是一本安安静静的书了。

有一天，小姑娘想起了那朵美丽的花，就打开书来看。啊！这本她原本看厌的旧书，写着她从来也没有看过的新故事，她一口气读完了这个新故事。

第二天，小姑娘忍不住又打开书来看，她更加惊奇了，她看到的又是一个和昨天不一样的新故事。

这时候，小姑娘突然看到了住在书里的小蚂蚁，问："你是一个字吗？""是的。我原来是一只小蚂蚁，现在，我住在书本里，是会走路的字了。"会走路的字？小姑娘明白了，这本书里的字，每到晚上就走来走去，书里的故事也就变来变去。

是的，第三天的早晨，小姑娘在旧书的封面上发现了一个字，他呀，走得太远不认识回家的路了。不过，这些字没有一个想离家出走的，他们全住在一起，快快乐乐的，每天编出新的故事。

小姑娘再也没有买过故事书。

中国当代童话新锐作家丛书

2

兔子的胡萝卜

兔子住在城市里，自从有了一个胡萝卜，他的生活就和以前不一样了。他在任何时候都抱着它，就连和其他兔子赛跑都抱着它；他到哪里也抱着它，就连和其他兔子郊游也抱着它。

冬天到来的时候，兔子收拾了行李，决定回到乡下。

一路上，他梦想依靠泥土和他辛勤的劳动得到更加多的胡萝卜。他觉得，兔子的幸福生活就应该是这样的。

在树林旁边，风静静地吹着灌木，他遇到了雪人。雪人孤独地站在雪地上。

他们一起聊天气情况，聊雪地上的脚印，聊开心的和不开心的事情。其实，雪人最想聊的是胡萝卜。因为他还没有鼻子，他好想拥有一个胡萝卜的鼻子。

但是，雪人没有说出心里真正的想法，他想，或许他还可以拥有这样的鼻子，比如：煤渣鼻、燃烧着的香烟鼻、树枝鼻、红辣椒鼻、瓶盖鼻、报纸卷的鼻子。反正不是胡萝卜鼻子，因为他一眼就看出来，胡萝卜是兔子最喜爱的东西。

临走的时候，兔子突然发现雪人没有鼻子，他想，没有鼻子就不能闻到各种味道，这一定是雪人生活中最

遗憾的事情。

所以，兔子立马就把胡萝卜插在了雪人的脸上。

雪人还没弄清楚发生了什么事情，兔子就像雪球一样滚动着离开了雪地。

雪人站在空旷的雪地上，闻到空气里弥漫着胡萝卜的味道，他觉得自己是世界上最幸福的雪人。

一只小鸟飞累了，停在雪人的胡萝卜鼻子上休息。

他们一起聊天气情况，聊雪地上的脚印，聊兔子的胡萝卜。

鸟饿了，雪人就让他啄胡萝卜，这是多么有营养的胡萝卜啊。对于雪人，鼻子上站着一只鸟，是非常幸福的事情；而对于鸟，站在雪人的胡萝卜鼻子上，同样是非常幸福的事情。

春天到来的时候，雪人融化在泥土里。

小鸟把吃剩下的半截胡萝卜鼻子种在雪人站过的地方。

没有了胡萝卜，兔子在乡下没事情可做，他决定重新回城市生活。

兔子经过树林的时候，风仍然静静地吹过，但他看不见雪人了，兔子有些伤感地擦了擦鼻子。

鸟来了，他是来照看胡萝卜苗的，在雪人站过的地方，鸟让兔子看一棵绿绿的胡萝卜苗。鸟说，这棵胡萝卜苗，是雪人让他照看的，它属于兔子。

猫的演说

狗不太愿意和别人说话，理由有以下两点：

1. 他是一条狗，狗不会像猫那么爱唠叨，真正的狗是不怎么说话的。

2. 狗刚刚从乡下来，在陌生的城市，一条沉默的乡下狗不会很快交到朋友。

所以在秋天的夜里，狗独自在路边走着，道路上落满了梧桐的叶子，一张一张，像是天空寄来的明信片，但是，狗没有去捡，他只是用他带铁钉的鞋底踩着枯黄的落叶，发出碾碎的声音。

这是狗在秋天的夜里弄出的唯一的声音。

在一盏路灯下面，一片树叶落在狗的头上，狗抖了抖耳朵，发现一个很高大的圆形水泥管道，路灯那柔和的光束笼罩着水泥管道，让狗觉得很安全。今夜狗决定住在这里。

狗打开了自己的行李。

洞外传来一个声音："嗨！朋友，让我进来好吗？"

"好的。"狗把地方挪出来一些。

"我是演说家黑猫。"黑猫说话的时候故意抖动着他的胡子，表情显得很丰富。

中国当代童话新锐作家丛书

6

"听说过演说家吗？演说家只有一个任务，就是不断说话。但是，演说家也要睡觉，睡着了一般不说话，有时候也说说梦话。"

哦，真是唠叨的黑猫。

黑猫喜欢说话，用他自己的话来说，理由也有以下两点：

1. 他是一只猫，是猫就喜欢喵喵叫。这没有什么可奇怪的，就像青蛙喜欢唱歌，蚱蜢喜欢跳高，老鼠喜欢啃木头，粪金龟喜欢推粪。

2. 他最崇高的理想就是成为一名伟大的演说家，演说对猫科动物的思想将会产生极大的影响。也许不光是对猫科动物，对鸟类、昆虫类甚至是顽固的人类都会产生影响。

这会儿，他打量着狗，然后说："我认为，现在你应该听我的演讲。"

"不，我需要休息。"狗说。

"可是，我在各种各样的城市生活了很多很多年，最大的体会就是：城市的交通糟糕透了，如果你不注意，会被公共汽车门、商场门夹住尾巴的。"

真的，对于有尾巴的动物，这是很麻烦的事情。

"我想，狗应该非常爱惜他的尾巴，因为狗用尾巴来表示自己的心情。如果快乐，会摇尾巴；如果不快乐，会把尾巴拖在身后。是吗?"猫一个劲地说，他相信狗需要这样的指点。

狗歪着头，只是"哼哼"了一下。

"很好。"黑猫说。黑猫认为狗表示同意的方式就是这样的。

第二天早晨，狗起得很晚，昨晚上猫好像一直在唠叨，狗根本就没有睡好觉。当他醒来的时候，他想对那只猫说："我该走了。"然后，头也不回地离去。

可是，他发现黑猫已经离开了，只留下几根黑色的猫毛。

狗走到巴士站旁，一辆巴士停了下来，狗上车的时候，小心地把尾巴拉进车厢；当狗下车走进商场的时候，他也同样把尾巴拉进商场的门里。

狗突然想起昨晚那只黑猫。他想黑猫的理由有以下两点：

1. 猫是狗在陌生的城市里遇到的第一位朋友。在这样的夜里遇到这样一只黑猫真有些意思。

2. 狗想对猫说一句话：有时候唠叨也是有好处的。

于是，狗用他带铁钉的鞋底踩着枯黄的落叶，发出碾碎的声音，树叶一张一张飘落下来，落在狗的头上狗抖了抖耳朵，他发现自己又走到了那盏路灯下面。

大狼托克打电话

大狼托克有了一部漂亮的红色电话，这是很得意的事情，但问题是托克家的电话号码：13749，没有一个数字是连着的，也没有一个数字是重复的。所以，朋友们都记不住，他的电话也就一直没有响过。

不过，这不妨碍托克使用这个电话："别人不给我打，我就给别人打。"

托克查查电话号码本，这是多么有趣的电话号码本呀。上面这样写：

熊：77888　鸟：22822　小雪：56665　榕树：23232

哦，原来植物也有电话呀，他们把电话安装在哪里？树洞里？挂在叶子上？贴在树干上？还是在高高的树顶？

不管怎样，大狼托克决定先给熊打电话，大家都是动物，说话总是方便一些的。他按了熊的电话号码：77888。

"喂，找我吗？"电话里传来熊粗重的声音，"冬天里，我从来没有接到过电话。"

是啊，外面的雪已经盖住了树林里所有的树，所有的房屋。

"我是大狼托克，我想和你说说话。"

"好，可是，我很困，你要原谅我，一会儿，我就会睡着的。"熊已经开始打哈欠。

他们开始聊天，当然是说"什么东西最好吃"等等，因为熊说他现在饿极了，饥饿把他从美梦中叫醒了。

托克答应明天给他送汉堡。

"我家在树林中最大的树洞里。"说完，熊就睡着了。电话里传来呼噜呼噜的声音。

接着的电话是打给鸟的：22822。

拿起电话，托克就听到："喂，如果你能快些送条被子来，我会在明年春天到你们商店去谢谢你。没有大被子就送小被子；没有厚被子就送薄被子；没有花被子就送白被子；没有棉花被就送稻草被。总之，我的孩子太冷了，你要快些送来。"

啊，说话这么啰唆，一定是鸟妈妈了。

"我很理解您，鸟妈妈。可我不是商店的伙计。"托克说。

"哦，这个时候我就希望是商店的电话，对了，你是谁?"鸟妈妈的声音听起来有些不高兴。

"我是谁不重要，关键是我可以在明天上午给您送去被子。"托克想起家里有一条柔暖的被子，自己舍不得盖的，"那是一条蒲公英被子，是用蒲公英种子的绒毛做的，我愿意出租给您。"

"蒲公英被子?"鸟妈妈觉得很珍贵，她怕租不起，"那你准备怎样出租呢?"

中国当代童话新锐作家丛书

"只要你记得有时候给我打电话。我的号码难记极了，是13749。"托克说。

"我已经记住了，保证不会忘记。"鸟妈妈赶紧告诉他地址，是在树林里最高的树枝上。

放下鸟妈妈的电话，大狼觉得高兴极了。他想和树打电话，听听树是怎样说话的，他拨了23232，那是榕树的电话。

"喂，你是谁啊？"榕树的声音好像是从地底下传来的。

"我是大狼托克。"听起来声音有些激动。

"天气好冷啊，四周好安静。"榕树说，"你能到我身边来，陪我说说话吗？"

"好的，我明天来。"大狼答应了，"怎么找你？"

"我是树林里唯一的榕树。"榕树回答说。

最后，托克决定给小雪打电话：56665。

"喂，我不认识你，可是还要给你打电话，你不会怪我吧。"大狼猜小雪是个女孩，和女孩说话要温柔一些。

"不会，我只是一个有着胡萝卜鼻子的雪人，能够认识你真的很高兴。"

"哎呀，雪人也有电话呀？"托克吃惊地说。

"是的，我有一部雪电话。可是，我最想要的是滑板。这样我就可以在雪地上滑动了，到处走走真是太好了。"

托克决定明天给小雪送滑板。

"我住在冰冻的河面上。"小雪说。

哦，托克想起来了，树林里只有一条小河会结冰。

第二天，托克抱着烤得很香的汉堡，背着被子，手里拎着滑板，像一个长途旅行的狼，他觉得自己帅极了，走路的时候，把雪地踩得"吱嘎吱嘎"响。他要去寻找树林里最大的树，最高的树，还有唯一的榕树，最后去看小雪。

当他走进树林的时候，他惊奇地发现，最大的树也就是最高的树，也就是树林里唯一的榕树。啊，他在最大的树洞外看见了野藤一样的电话线，听见了大熊梦里肚子还在咕咕叫，就把汉堡放在树洞口；他还把被子送给了树顶上的鸟妈妈，鸟妈妈的电话就挂在鸟窝旁的树叶上；至于树的电话，就贴在树干上。

因为有了滑板，小雪从河面上一直滑到了树底下。

小雪最后一个电话是打给托克的，那是在太阳出来的早晨，小雪声音软软的："喂，托克，别忘了小雪，小雪的电话号码是：56665，记得明年冬天再打哦。"

说完，小雪和她的雪电话一块儿消失在泥土里了。

托克有些伤心地说："别忘了托克的号码：13749。"

兔子萝里

萝里是一只小兔子，有着灰色的毛，长长的耳朵，三瓣嘴。和所有的兔子一样，萝里每天早晨，在车前草旁边拉大便，接着吃青草，然后在灌木中捉迷藏，最后排成一排，在小溪边弯弯腰，踢踢腿，摆摆耳朵，做兔子操。

萝里在倒影里发现自己的耳朵比其他兔子的耳朵短，真的，短很多，这让萝里非常吃惊。

很久以前，他就听说，兔子和老鼠长得非常像，而区分他们的明显标记是兔子的耳朵长，老鼠的耳朵短。他担心大家发现他是短耳朵的兔子，这会不会让大家瞧不起他？或者更加糟糕，大家会认为他是鼠类。

萝里再也不愿意把耳朵高高地竖起，他耷拉着耳朵，心情特别差。终于，他决定不当兔子了。

他把自己化装成灰狗的模样，狗的耳朵大部分比兔子的短，而且大部分时间都耷拉着。

早晨醒来，萝里和狗一起到狗尾巴草旁边拉大便，接着狗啃骨头，他就去一边吃青草，然后，在城市的高楼之间捉迷藏，最后，和狗排成一排，坐在公园的长椅上读报。

一个小男孩路过公园的长椅，尖叫着："看，这里有一条短尾巴狗。"

萝里扭头看看，发现所有的狗读报的时候都竖起了长长的尾巴，有的还把尾巴卷成了一个圈，很优雅的样子。

萝里的心情更加糟糕，他决定不当狗了。

他把自己化装成一只熊，熊的耳朵和尾巴都很短。

早晨醒来，萝里和熊一起到蒲公英草旁边拉大便，接着熊啃玉米，萝里就到一边吃青草，然后，在大树林里捉迷藏，最后，和熊排着队到城市里买像棍子一样长的面包吃。

冬天到来的时候，熊带着长长的面包进树洞冬眠了。萝里不愿意进黑黑的树洞。一只年长的熊说："我早知道你是兔子，可是，你为什么要当熊呢？做自己才是最快活的呀。"

萝里祝熊在冬天里有一个好梦，然后和熊说再见。

接下来的日子，萝里把自己关在家里。他想起狗啃骨头，他到一边吃青草的日子；想起熊啃玉米，他到别处吃青草的日子。这些日子让他感到不那么快活。他惦记起和兔子们一起吃青草的日子。

于是他来到屋外，屋子外面已经一片雪白，兔子们在雪地上堆雪人。

一只兔子说："有谁看见那只耳朵有些短的兔子？去年这个时候，他堆了一个胡萝卜鼻子的雪人，最棒了。"

一只兔子发现了萝里，把头转向萝里，说："就是他。"

原来大家早知道他是短耳朵的兔子了？大家没有看不起他？更没有把他当成鼠类？

萝里竖起有些短的耳朵，和兔子们一起堆雪人，他觉得自己是一只快乐的兔子。

阿虎的名片

老虎阿虎把自己伪装成胖子先生来到了城市。

城市里有一家"胖子"面包店，店里有一位瘦瘦的面包师，他做的面包让别人都吃成了胖子，而他因为生意太好，不停地做面包，所以就越来越瘦了。

老虎就走进了这家面包店，一口气吃完了店里所有的面包。

"还有面包吗？"阿虎还想吃。

瘦面包师走过来说："对不起，您的胃口实在太好了，如果您需要，我可以连夜做，明天就送到您的家里。"

"这样太好了。"阿虎说，"这是我的名片，请按上面的地址送吧。"

瘦面包师看也没看就揣进了口袋，到了晚上，瘦面包师掏口袋发现了名片。只见名片上印着：

阿虎，国家一级保护动物，住址：森林里第122号树旁的山洞。

"我真是太出名了。"瘦面包师对自己说，"连森林里的老虎都爱吃我的面包。"

这时候，阿虎正在城市广场，那里正在进行时装表演，他看见一个女模特，穿着老虎花纹的衣服，全身充

满了活力。

"她穿着这件老虎花纹的衣服太美了。"阿虎激动地为女模特献上鲜花。

一位摄影师为他们拍了一张合影:"请给我留地址,我给你寄照片。"

阿虎递上名片说:"请按这个地址寄给我。"

阿虎离开以后,摄影师才去看那张名片,啊,这是老虎的名片啊。这张照片太珍贵了。

阿虎在城市里玩得很高兴,准备回森林了。他很得意地想:嘿,没有我的提醒,谁也认不出我是老虎。

在城市的屋檐下,阿虎又遇到一只猫,猫摸摸自己的尾巴说:"我知道你不是人类。"

阿虎也摸摸自己的尾巴,说:"你猜对了。别人都没有发现我有尾巴,你很厉害。"

猫说:"那当然,我们都是猫啊,对了,你好像有些胖,你要注意减肥啊,否则捉老鼠的时候会在洞口卡住的。"

原来,猫还是没有认出他来。他很宽容地对猫笑笑,给猫留了一张名片,名片上印着:

阿虎,国家一级保护动物,住址:森林里第122号树旁的山洞。

过了一天,阿虎回到了森林,他收到了城里送来的面包,还收到了照片。而猫呢,带着小猫,到森林里找阿虎春游来了。

给乌鸦的罚单

阿龙是城市里最年轻的警察，他希望自己能够有机会立功，成为英雄。

但是，阿龙遇到的都是一些小事。比如：乌鸦飞过城市的时候，在一个高高瘦瘦的光头上歇脚，顺便还方便了一下。

光头可不是好惹的，他冷不防用帽子罩住了乌鸦。

他把乌鸦交给警察阿龙，说："这只乌鸦太不像话了，你应该拔光他的毛，或者把他煮了。"

阿龙是一位很认真负责的小伙子，他把光头擦洗干净，然后对乌鸦说："一般说来，擦洗干净这个活应该由你来完成。的确，你太不礼貌了，你违反了不尊重人这一条。"

乌鸦很委屈地说："我没有想过要不尊重人，连稻草人我都尊重。很多时候，人类总是相互怀疑，相互埋怨。"乌鸦承认自己是一个近视眼，把光头当成了马路边的路灯。

阿龙说："那你就是违反了不讲卫生这一条。"

乌鸦很无奈地说："这我承认，鸟类的卫生习惯是有些差的。"

光头已经很不耐烦，他认为人和人吵架就已经够烦了，现在还要和一只乌鸦讲理？对于冒犯了人的乌鸦，就不应该和他啰唆。

阿龙向乌鸦敬了一个礼，然后说："请您罚款5元。"

光头以为自己是听错了，这真是笑话，把罚单开给一只乌鸦？乌鸦会交给警察先生5片树叶？5块卵石？还是5条毛毛虫？

乌鸦接过罚单，说："这是人类的罚单，我现在没有人类的钱，但是，我一定会还清罚款的。"

阿龙相信乌鸦的话，把乌鸦放了。乌鸦很认真地点点头，衔着罚单飞走了。

阿龙的这个举动被很多人当成笑话。他因此一辈子没有得到提拔，直到退休。

退休的老阿龙常常在树林里散步，回忆从前的生活，他想起自己曾经有过成为英雄的梦想，想起自己曾经给乌鸦开过一张罚单。

不久以后，伐木工人在一个树洞里发现了一堆硬币，在硬币下面，压着那张罚单。伐木工人很奇怪树洞里会有这么多的硬币，他仔仔细细地数了数，刚好是5元。

大头鱼在雨天和晴天

大头鱼居住在河底一幢小小的房子里，水草缠绕着他的窗户。从卵石铺成的路上，大头鱼可以一直走到城市的喷泉下面。

然后从喷泉里走出来，抖一抖身上的水珠，他就可以在街头散步了。

大头鱼散步的时候，他的大头皮鞋发出"嗒嗒"的声音。

和街上大部分男人一样，他腆着大肚子，抬着头，在街上走着，步子不紧也不慢。

没有人发现，一条鱼和他们一起走在大街上。可是，就在忽然之间，天上开始下雨。

街上的男人们有的用报纸遮住自己的光头；

有的用公文包顶在头顶；

还有的用衣领罩住后脑勺；

大部分的人用双手抱住头……他们跑得飞快，抢着到屋檐下躲雨。

只有大头鱼，他仍然腆着大肚子，抬着头，不紧也不慢地走在大街上。

大街上只有大头鱼走着，大家很快就发现大头鱼的服装是鱼尾服，而且，看起来，鱼尾服是不怕被雨淋的。

"啊，是鱼，他是鱼先生。"大头鱼听见有人叫起来，是一个戴草帽的男人，他看上去也不怎么怕雨淋。

大头鱼回头看着的时候，吓了一大跳，他的身后有三只猫跟着。

大头鱼逃回喷泉，从喷泉回到河底。他发誓下次一定要带一把伞，当街上只有他的时候，伞可以遮住尾巴。

大头鱼第二次出门，带上了一把伞。

街上有很多老先生，他们拄着拐杖，步子不紧也不慢。大头鱼把伞当成拐杖拄着，步子不紧也不慢。

没有人发现，一条鱼和他们一起走在大街上。

太阳渐渐升起来，大家撑起了伞。只有大头鱼先生，他用伞遮住尾巴。

"啊，是鱼先生。"大头鱼听见身后有人叫起来。啊，又是那个戴着草帽的人，他说："遮住尾巴没用，我见过你，你的头特别大。"

大头鱼回头一看，吓了一大跳。在他的身影后，有三只猫的影子。

大头鱼逃回河底，发誓再也不会在晴天和雨天上街了，他对自己说："好在，除了雨天和晴天，还有阴天。"

下雨的时候，大头鱼在河底睡大觉。

出太阳的时候，大头鱼在河底悠闲地喝咖啡看报。

大头鱼想，世界上最安全的地方大概就是河底了吧，而最最好玩的地方，大概就是大街上了，他盼望阴天赶快到来。

斑马生活在城市

我生活的城市里，住着一位斑马先生，他常常向我抱怨说："为什么，这个城市里有那么多的人，那么多的汽车，那么多的房子，那么多的老鼠。而只有我一只斑马。"

我不知道怎样安慰斑马，确实，整个城市都被人类占据着，只住着一只斑马。

他浑身黑白的条纹，站在城市的任何一个角落，人们都会很容易就发现他的。

他依靠粉刷维持生活。

冬天的时候，斑马先生给树干刷白色的石灰。斑马先生刷了整整一夜，一直到天亮，他把整个城市里的树都刷成了黑白条纹的树。

人们看见这些变成黑白条纹的树，惊奇地说："啊，一定是斑马先生刷的，真好。"

于是，当斑马先生给汽车油漆的时候，把汽车也都漆成了黑白条纹的汽车。

人们看见斑马先生油漆过的汽车，高兴地说："啊，一定是斑马先生油漆的，真有趣啊。"

斑马先生开始粉刷这个城市的每一幢房子。他把房

中国当代童话新锐作家丛书

26

子也粉刷成黑白条纹的房子。

人们住在斑马先生粉刷过的房子里，不高兴地说："事情开始变得糟糕了，这个城市要变成斑马的城市了。"

斑马自己也不高兴起来，他发现，整个城市都是黑白条纹的，他站在城市的任何一个角落，人们都很难找到他，大家说："那只斑马到哪里去了，他把我们的城市弄得乱七八糟，自己躲到哪里去了。"

斑马伤心起来，他用很多天把所有的房子、车子和树都刷成了原来的颜色。

人们在恢复了原样的城市里平静地生活着。但是，我开始想念起那只斑马，想起他黑白条纹的身影出现在城市的任何一个角落。

有一天，我看见在马路的地面上出现了一道道黑白的线。"啊，这是斑马画的线，是斑马线，那只斑马，他一定还在我们城市的某一个角落。"

国王的爱好

　　古拉国的国王爱好收藏，在他的皇宫里，有一个很大很大的展厅，展出的是最珍贵的藏品。

　　中间的玻璃柜里放着绿色鹿的角，是绿色的，远看就像一棵树。绿色鹿和当年看见过绿色鹿的人都已经离开了人世，现在，能看到这个鹿角就已经很幸运了。

　　墙上挂着一束三脚马的鬃毛。据说那三只脚的马跑起来像飞一样快，国王和他的大臣想尽办法也得不到三脚马的鬃毛。有一回，一群孩子在路上撒了许多的黄豆，三脚马经过的时候，不小心就滑了一跤，孩子们很容易得到了鬃毛。国王高兴极了，用全国最高级的"鳄鱼牌"泡泡糖从孩子手上把鬃毛换了过来。

　　这些东西都是独一无二的，国王只是听说过这样的动物，早就看不见他们的身影了。

　　还有就是九齿虎的牙齿，九齿虎左边 5 颗牙，右边 4 颗牙。国王拔下了左边的第五颗牙齿，让九齿虎变成了八齿虎，真的是虎口拔牙啊。看着这颗牙齿，国王就觉得自己非常英勇。

　　国王的收藏虽然很多，但是，他是不会满足的。听说有一种很古老的动物叫做鸭嘴兽，国王从来没有看见

过。

"他长得什么样?"国王问他左右的胖瘦两位大臣。

"听说,他的身体像水獭,嘴巴像鸭子。"胖大臣摆动着自己的身体,撅着嘴巴回答。

"哦,我就要他那个像鸭子一样的嘴巴。"国王说。

"可是,根据我的调查,在我们古拉国,鸭嘴兽的数量为最小自然数。"瘦大臣说。

"什么?"国王不太能听懂瘦大臣的话。

"报告国王,最小自然数就是1,也就是说,鸭嘴兽只有一只了。"胖大臣说。

"哦,那就赶快去给我找。"国王下命令。

于是,古拉国的所有士兵都去找鸭嘴兽。他们在大街小巷张贴鸭嘴兽的画像,还在画像旁边写着:凡是捉到鸭嘴兽的,奖励一千只鸭子;凡是用鸭子嘴冒充鸭嘴兽的,格杀勿论。

国王让人在皇宫的花园里养了一千只鸭子,准备等人用一只鸭嘴兽来换。可是,一个月过去了,一千只鸭子还养在皇宫的花园里。

现在一听见鸭子叫,国王就开始烦了。他对着他的大臣发脾气。

胖大臣找瘦大臣商量:"老兄,你是我们国家最有学问的人,你说说,怎样可以找到鸭嘴兽。"

瘦大臣很苦恼地拿起一块放大镜,然后说:"看来,只能请书本帮忙了。"

瘦大臣马上把自己埋进了一堆书里，用放大镜看书上小小的字，活像一只撅着屁股的书虫。胖大臣每天给瘦大臣送吃的，还负责把瘦大臣吃不了的馒头吃掉。这样过了 10 天，胖大臣更胖了，瘦大臣更瘦了。

　　不过，一切都是非常值得的。瘦大臣终于想到了好办法。

　　"根据我的调查，鸭嘴兽生活在水边，在岸上挖洞筑巢。所以，我们要为鸭嘴兽准备这样的湖。"

　　"对啊，在古拉国，连鸭子也在笼子里养着，都是旱鸭子，湖真是太少了。"

　　胖大臣和瘦大臣找人挖湖，当风儿吹过，清清的湖水泛起一道道水波的时候，瘦大臣和胖大臣都松了一口气。

　　国王找来地理专家，请他们画通往这个湖的路标，并且在路标上这样写着：国王的花园湖面，鸭嘴兽的家园。

　　"每一个十字路口都要张贴，一定要让鸭嘴兽看见。"国王说。于是，全国所有的街道上都贴满了这样的路标。

　　现在国王只要一听见哪里路给堵了就气急败坏，生怕影响鸭嘴兽到皇宫的湖里来。

　　可是，一个月过去了，仍然没有看见鸭嘴兽来。

　　"我要尽快得到鸭嘴兽的嘴巴。"国王有些不耐烦地提醒胖、瘦两位大臣。

　　"会不会鸭嘴兽和我一样不认识字啊？"胖大臣说。

"啊，我怎么忘记了这一点。"瘦大臣马上就决定改变方案，"我认为，我们应该在湖里养一些鱼。"

"是啊，鸭嘴兽最喜欢吃鱼了。"胖大臣说这句话的时候，还咽了咽口水。

于是，他们就派人在池塘里养了很多的小鱼，路标作了这样的修改：国王的花园湖面，水生动物的家园。另外在一旁还画了鱼的标记。（形状就是一串吃过的完整的鱼骨头。）

可是，又一个月过去了，仍然没有看见鸭嘴兽的影子。国王的脾气更加糟糕了，他开始怀疑世界上到底有没有鸭嘴兽。

胖大臣也开始担心起来："老兄，你到底有没有弄错？"

"听说，这最后的一只鸭嘴兽喜欢一种有着清香味的草，他要在这样的草里才会孵小宝宝。"瘦大臣决定做最后的努力。

"赶快去种草。"国王命令着。

瘦大臣又像书虫一样去研究关于植物的书。等他从书堆里爬出来的时候，已经瘦得像一根藤了。胖大臣像一棵粗壮的树一样让他靠着。

国王亲自去了湖边。他想：如果我是鸭嘴兽，我一定会喜欢这样的湖的。真的，清清的湖水，游来游去的小鱼，还有绿绿的草丛，谁不喜欢啊。

就在这时候，国王看见草丛里有一只胖乎乎的动物毛是暗褐色的，嘴巴扁扁的。啊，这鸭子一样的嘴巴，一看就是鸭嘴兽啊。

"你好，鸭嘴兽。"国王很激动，他终于看见鸭嘴兽了。

"谢谢你国王，你的士兵和警察都没有为难我，我才这样顺利地到达了这个美丽的地方。"鸭嘴兽说。

"谁也不会为难你。这个国家是我的，也是你的。"国王说完就觉得很奇怪，自己一心想要得到鸭嘴兽的嘴巴，怎么现在变成这样的结果了。

"我可以在这里举办我的晚宴吗?"鸭嘴兽问。

"难道你还有很多的朋友? 我还认为鸭嘴兽的数量是最小自然数呢。"国王说。

"本来在我们古拉国只有我一只鸭嘴兽了，我已经准备离开古拉国，到邻国去找鸭嘴兽朋友。"

"是吗? 邻国有很多鸭嘴兽吗?"国王问。

"不，也不多了，大家都觉得很孤独。"鸭嘴兽说。

"是啊，如果我的国家里只有我一个人了，我也会孤独的。"国王的心情也有些难过。

"但是，你的花园湖面吸引了我，我还邀请了邻国的鸭嘴兽一起来，今晚你也来吗?"鸭嘴兽邀请国王。

"真的? 我很荣幸见你的朋友。"国王第一次受到动物的邀请，觉得很意外，也很激动。

鸭嘴兽的晚宴会是什么样的呢? 除了国王，没有人知道。

第二天，国王命令瘦大臣和胖大臣把一千只鸭子放了。

"为什么?"胖大臣问。

"如果不这样，总有一天，就连鸭子也会成为最小自然数的。"国王不再对收藏感兴趣，他开始喜欢挖湖。

后来国王还种草。他问胖大臣："如果你是一只胖兔子，喜欢这样的草地吗?"直到胖大臣说喜欢，他才停止种草。

有一段时间，国王喜欢做鸟窝。他问瘦大臣："如果你是一只瘦鸟，会喜欢这个鸟窝吗?"直到瘦大臣点头了，他才停止做鸟窝。

所以现在古拉国的大街上，兔子在路边吃胡萝卜，小鸭子排着队过马路。一切都那么美好。

袋鼠的袋袋里住了一窝鸟

袋鼠蹦蹦是一头跑得很快的袋鼠。一天，他跑得太快，一头撞上了路旁的小树。

如果他碰倒的是一棵普通的小树也许就没有后面的故事了，可是，蹦蹦的运气不太好，他碰倒的是一棵住着一窝鸟的小树。

"真没想到，鸟会找这么低矮的树住下。"蹦蹦说。

"只要是树，鸟就能住。"鸟先生当初选择家的时候就是这样对鸟太太说的。

鸟太太唧唧喳喳惯了，这回却半天没吭声，这样惊险的事，迟早会发生。可是鸟先生图住在小树上飞来飞去方便，就是不愿搬家。

"谁撞了我们的家，谁就得赔。"鸟先生一把拉住袋鼠。

"赔？赔鸟窝？"蹦蹦可发愁了，"唉！谁让我这么倒霉呢？那好吧，我去找干草、泥巴，你们等着。"蹦蹦说完用尾巴调好方向，准备走了。

"等一等，我们大大小小一家子必须有一个安全的地方避避风雨。"鸟先生紧紧拉住蹦蹦。

蹦蹦说："那好吧，你们先到石洞里躲一躲。我在那儿藏过粮食，没淋过一滴雨。"

"不行。"鸟太太这时说话了，"我们不是粮食，不能住石屋，那儿太冷。"

"那好吧，你们住树洞屋。我在那儿藏过贝壳钱，一个也没少，很安全。"

"不行。"鸟太太更加不高兴了，"我们更加不是钱，那样的屋子太闷，我们怎么能住呢？"

"那，那，那怎么办呢？"蹦蹦真不知道撞到一群鸟会这么麻烦。

鸟先生突然围着蹦蹦看了又看，看得蹦蹦莫名其妙。

"我们住你的袋袋里就行了。"鸟先生说的正是鸟太太想的。

尽管袋鼠蹦蹦一百个不愿意，可他的袋袋还是成了鸟窝。

"但愿是临时的。"蹦蹦一边找干草一边嘀咕着。

鸟的一家可不想再搬家了，这袋袋多好啊，又温暖又安全，最主要的是，这是一个蹦蹦跳跳的移动鸟窝，还有意想不到的好处：袋鼠蹦蹦昨天去了电影院，买了一张票，结果，小鸟一家就被带进了电影院，白看了一场电影。

可是当蹦蹦走进自助餐厅时，狗熊经理一伸手说："请您买五张票。""为什么？"袋鼠蹦蹦不明白。"因为您还带着四只鸟。"狗熊经理回答说。

"是，可他们只是四只住在我这里的鸟，他们不是来吃自助餐的。"蹦蹦解释着。

"我不管，进来一个就得一张票。"狗熊经理坚持说。

为了自己肚子不挨饿，蹦蹦买了五张票，他心疼地说："如果每回吃饭都这么破费，我很快就会破产的。"鸟的一家饱餐了一顿，别提有多高兴。

两只小鸟渐渐长大了，他们开始学唱歌，当蹦蹦在树林里散步的时候，两只小鸟就开始唱歌了，听着歌儿散步，这是多么美妙的事情呀，蹦蹦陶醉了。过了一会儿，鸟妈妈开始唱催眠曲了，鸟妈妈唱了一遍又一遍，两只小鸟就是不睡觉。蹦蹦却迷迷糊糊起来，一连打了十个哈欠，"咚——"的一声，又一次撞到了树上。

"还好，这回树上没有鸟窝。"蹦蹦被撞得有些糊里糊涂了，还没等他回过神来，一群蜜蜂向他冲过来，糟糕，他撞上了一棵有蜂窝的树，要是蜇人的蜜蜂也要求赔蜂窝，住进袋袋，那可就完了。蹦蹦拔腿就逃，蜜蜂们紧紧追上来。袋袋里鸟的一家拉直嗓子一个劲地喊："蹦蹦加油！蹦蹦加油！"蹦蹦被追得没办法，跳进了一个臭泥潭，在泥潭里打了个滚。这下，蹦蹦变成泥巴袋鼠，浑身臭烘烘的。

鸟的一家受不了了，他们决定搬出去。

"我们可以暂时到树洞里住几天。"鸟爸爸说。

"是的，记住，是暂时的。"鸟妈妈说。

没有鸟的一家住在袋袋里，蹦蹦是多么自由呀。他宁愿做一只浑身臭烘烘的泥巴袋鼠。

世界上不能只有一个人走路

糊涂先生穿着他的大鞋子，走在大街上。

"对于一个肥胖的人来说，走路是最好的锻炼方法。"这是他坚持步行的理由之一。

可是，还有别的胖子呢？他们为什么都坐在汽车里？

哦，世界上只有糊涂先生一个人走路了。"这世界怎么了？"糊涂先生拍拍额头，他真的弄糊涂了。

"嘀嘀——"

"吧吧——"

所有的车都挤在了一起，车子里的人伸出头等着车子的通行。

"多像蜗牛呀。"糊涂先生自言自语地说着。是呀，汽车都排着队，比走路还慢。

可是，只有糊涂先生一个人在走路。

糊涂先生走路的理由之二是：他最近正在琢磨设计耐穿的鞋子。

他的设计遭到了所有鞋子店的反对，本来大家都不走路了，已经很少有人买鞋了，如果再耐穿，一双鞋穿10年、20年、30年……那他们只好关门了。

一个人走路，多么寂寞呀！

当糊涂先生走过一片卵石地的时候，他的大鞋子"啪嗒啪嗒"响。

"噢，亲爱的鞋子，是你在和我说话吗？是你在对我唱歌吗？是你在陪我吗？"糊涂先生对大鞋子说。

大鞋子还在"啪嗒啪嗒，啪嗒啪嗒……"响着。

对了，我的鞋子不但可以是耐穿的，还可以是会唱歌的。

于是，糊涂先生把自己关在家里了。那几天，马路上一个走路的人都没有了。"这是暂时的，过几天，马路上会挤满了走路的人，会有许多胖子和我一起走路。"

很快，糊涂先生的鞋子设计好了。糊涂先生穿上它在家里走了一圈。顿时，鞋跟里飘出了音乐。

糊涂先生就穿着这双鞋走出去了。糊涂先生在一个堵车的地方来回地走。他这样走的目的是想让大家注意到他的鞋子在唱歌。

可是，马路上实在是太吵了，没有人听到鞋子的声音。

糊涂先生失望极了。他独自走进了森林里。森林里静静的，也只有他一个人在走，鞋子发出好听的音乐声。

"能让我穿一下你的鞋子吗？"一头大猩猩问。

"好啊。"只要是冲着鞋子来的，糊涂先生就高兴。

他把鞋子脱给了大猩猩，大猩猩没有鞋子脱给糊涂先生，糊涂先生就光着脚坐在树下，看着大猩猩来来回回地走。

大猩猩穿着鞋子突然就走远了。"喂，我的鞋子。"糊涂先生着急了。可是，大猩猩根本就像没听见一样。他走到马路上了。

马路上还是那样的拥挤和吵闹，可是大家突然就都把头探出了窗外。

"真是好玩极了，大猩猩穿着大鞋子在马路上走。"一位叔叔说。

"他的鞋子真有趣，会唱歌。"一位阿姨说。

"如果穿这样的鞋子走路，一定愉快极了。"胖子说。

是呀，可是到哪里去买这样的鞋子呀。

大家都去问鞋店的老板，鞋店的老板想：是呀，这只大猩猩的鞋子是从哪儿来的，我们店里怎么没有呀。

于是，他们就跟踪大猩猩。

大猩猩在马路上逛了一圈就回到森林里了。

糊涂先生还傻乎乎地坐在树底下。

大猩猩把鞋子还给糊涂先生，糊涂先生说："你呀，真是太顽皮了。这可是我发明的音乐鞋噢。"

"你发明的?"鞋子店老板、叔叔、阿姨还有胖子全都围了上来。

糊涂先生很愿意为大家做鞋子，他说："世界上不能只有一个人走路。"

他做的鞋子很牢固，可以穿 10 年，但是，鞋子店的生意还是很好，因为大家要买各种各样声音的，有的是钢琴声的，有的是小提琴声的，有的是笛子声的。还有

要买各种曲子的，赶路的时候要买欢快的，散步的时候要买优美的，心情不好的时候要买悲伤的。

后来，马路上走路的人就多起来了，起先是胖子都走路了，糊涂先生说："我早就说过，会有很多的胖子和我一起走路的。"后来还有很多的瘦子也来走路了，糊涂先生说："这可是我没想到的。"

树叶兔

树叶兔常常躲在树洞里，他把两只长长的耳朵露在树洞外面，听风吹过树洞的声音。看上去，像是树干上长出了两片长长的树叶。

树叶兔的身体非常轻，风再来的时候，他必须要躲进树洞，抱住树干，或者用力抓住地上高大的草。

哦，这听上去很麻烦，却是必须要记住的。要不然的话，他将成为少掉一只耳朵的兔子，没有尾巴的兔子，或者更加严重一些，干脆就变成没有身体的兔子。哦，这是想都不能想的结果。

不过，这样提心吊胆的日子很快就会过去了。因为，树叶兔遇到了女孩米粒，一个七岁的小女孩。

米粒看见树叶兔的时候，树叶兔正紧紧地抓住了一棵狗尾巴草，他和狗尾巴草一起被风吹起来，看上去像是横着悬挂在半空中的卡通兔子。

"在城市里，风要比这里小得多。"米粒说。

"如果你可以带我进城，我会考虑的。"树叶兔抓住狗尾巴草像抓住了救命稻草，这样的日子他想尽快结束。

米粒好希望这只棕色的兔子能跟她回家，"如果你进门的时候能擦干净脚，不让地板上留下脚印，也不随地大便，我的妈妈会同意你住在我家里的。"

树叶兔向米粒保证他是讲卫生的兔子。

米粒把树叶兔带到爸爸妈妈面前。

"我想带一只兔子回家。"米粒带着棕色的树叶兔对她的妈妈说。米粒的妈妈是大学生物教师，她收集了一些森林里的红色和黄色的树叶。

"可是，他是野兔子。"米粒的妈妈头也不抬地回答。

"我想带一只兔子回家。"米粒带着棕色的树叶兔对她的爸爸说。

"如果兔子愿意，我没有问题，我还想带猴子回家呢，可是，他们不会同意。"米粒的爸爸是画家，他正在画一只生活在这里的猴子。

"我真的会带一只兔子回家的。"米粒重新对她的爸爸和妈妈说。

爸爸和妈妈终于抬头看即将成为他们家成员的兔子。啊，他们都惊呆了，他们从来都没有看见过棕色的兔子。

"真是奇特的兔子，我从来没有想到兔子还可能是这样美的。"米粒的爸爸很想画下这只兔子。

米粒的妈妈就更加希望这只兔子住在她家里了，"如果你愿意讲讲你的故事，我会更加欢迎你的。"

"不。"树叶兔说，"我早听说人类喜欢打听别人的秘密，可是我不想说自己的过去，不要猜我是怎么来的，否则——"

"妈妈——"米粒打断了妈妈，她怕妈妈提更加多的

中国当代童话新锐作家丛书

要求，使得树叶兔不愿意住在这儿。

事实上，米粒的妈妈对人的秘密一点也不感兴趣，她只是对动物和植物的秘密感兴趣。她希望能得到一根棕色的兔子毛，但是，她觉得向一只兔子要一根毛虽然不是什么大不了的事情，但有些不礼貌。

"只要他住在我们的家里，你会在地板上、床上找到棕色的兔子毛的。"米粒的爸爸在米粒妈妈耳边轻轻地说，他怕纠缠着要兔子毛，吓跑了树叶兔，他想画树叶兔的愿望也就落空了。

树叶兔没有想到人类对他会这样热情。

米粒也没有想到爸爸和妈妈会这样热情地对待树叶兔。

米粒的妈妈说："你可以在地板上随便走。"

米粒的爸爸说："你可以随便看我的画册。"

妈妈接着说："你可以在床上随便打滚。"

爸爸接着说："你可以在我的画册上按你的手印，哦，是前爪印。"

妈妈又说："你还可以用我的梳子。"

爸爸说："当然，你可以用我的画笔，哦，不，画笔还是不要动的好，你可以随便用我的牙刷，对，是牙刷。"

连米粒也不能随便用爸爸的牙刷，因为爸爸的牙刷有时候也用来画画，比如蘸上颜料，用一把小刀片刮牙刷毛，白纸上就会出现均匀的喷色。

树叶兔很快就在地板上走过了，但是，没有留下脚印，不过他看爸爸画册的时候，在画册上留下了爪印。他也在床上打过滚了，但是，没有落下棕色的兔子毛，不过，他终于在梳理耳朵边毛毛的时候，在梳子上留下了一根棕色的毛。

爸爸很快就发现了画册上的爪印，这是什么爪印？明明就是一片树叶的叶脉印。

妈妈也很快对那根棕色的兔子毛进行了化验，发现了植物纤维。也就是说，树叶兔不是真正的兔子，他具备植物的特征。

太奇怪了，本来，米粒的妈妈猜测，树叶兔是吃了一种植物的花，这种植物的花可能会有很多颜色，他吃了棕色的花所以变成了棕色兔子，如果吃了红色的花，就可能是红色兔子了。按照这个想法，可以让羊也吃这样的花，世界上有了彩色的羊，彩色的兔子，根本就不需要染色，我们就可以得到彩色的羊毛和兔毛了。

但是，事实上，米粒的爸爸和妈妈已经知道树叶兔的来历了。

米粒的妈妈对米粒的爸爸说："不要说出兔子的来历，否则他会随着风消失。"

米粒的爸爸更加热情："去吧，树叶兔，让米粒带你去跑步。"

米粒的妈妈也更加热情："去吧，树叶兔，让米粒教你跳绳。"

运动，运动或许可以使树叶兔变成真正的兔子。

于是，每天，米粒和树叶兔一起跑步，和树叶兔一起跳绳。树叶兔真的变得健壮起来，他忘记曾经在风中哆嗦的日子了。

时间悄悄地经过了一年，树叶兔和米粒一起走过了许多日子，他们一起长大，树叶兔觉得自己像一只真正的兔子了。

一个晴朗的早晨，没有一丝风。

树叶兔和米粒背对着背靠在公园的一棵大树上休息，树叶兔说："我一直都在躲避风，其实，是风让我成为兔子。"

米粒听不懂树叶兔的话。

树叶兔不需要米粒听懂，他继续说："和人类做朋友真好，有一个家真好，家是躲避风雨的最好的地方。"

米粒想象着树叶兔说这些话的时候，他长长的耳朵一定摆动着，于是，回头看树叶兔。

但是她没有找到树叶兔，她只看见地面上有一堆黄色的树叶。其中有两片特别特别长的树叶，这是树叶兔的树叶耳朵。树叶兔走了，他变成一堆枯黄的树叶散落在泥地上，米粒非常伤心。这一天，正是树叶兔到米粒家整整一年的日子。

米粒的妈妈说："树叶在风中旋转，他们心中一起想着要成为兔子的时候，树叶兔就形成了，如果不被风吹走，他能生活整整一年。"

米粒的爸爸说："他没有消失在风中，所以不要为他伤心。"

爸爸完成了关于树叶兔的画，画上树叶兔长长的树叶耳朵向后摆着，画的下面写着一行字：人类的朋友。

树上飘下一片树叶，啊，秋天到了，秋风起来了，吹吧，如果那些树叶一起想着当一只兔子的时候，新的树叶兔就会形成，米粒一家仍然会把他带到家里，像爱原来的树叶兔一样爱他。

掉进鸟窝的小瓢虫

一片红树叶在寒风中飘呀飘呀，飘进了鸟窝，正好落在一只小蓝鸟的头上。

"对不起，砸疼你了吗?"一个细细小小的声音在小蓝鸟耳边响起。

是谁在说话? 难道树叶还会说话?

"是我，我是小瓢虫。哦，好冷啊! 冬天这么快就来了吗?"细小的声音有些打战。

这时候，小蓝鸟发现树叶上爬着一只红色的小瓢虫，冷得缩成一团，像半个圆球，红得发亮的背上有一些黑色的小圆点。

"多么漂亮的瓢虫。"小蓝鸟一下子喜欢上了瓢虫。

蓝鸟妈妈、蓝鸟爸爸拿来细草丝拴住了瓢虫的脚，那细小的脚已经不太灵活了。

"快放我走。我把树叶送给你们当被子。"红瓢虫亮出硬壳下面透明的翅膀，挣扎着大叫，可是翅膀已经飞不起来了。

"爸爸妈妈，放了他吧。"小蓝鸟心肠软。

"这不行，我们蓝鸟儿天生爱吃虫。"蓝鸟妈妈尖着嗓子说。

看到小蓝鸟不忍心的样子，蓝鸟爸爸只好提议说："不过，现在还不饿，留着过年时再慢慢地吃吧。"

"这主意太妙了。"蓝鸟妈妈扑棱着翅膀不住地点头。

可是，看着缩成一团的美味佳肴，小蓝鸟一点也不觉得快活。

夜晚，下起了大雪，蓝鸟的一家睡在干草铺的小床上，暖和极了。小蓝鸟躺在红树叶的被子里，翻来覆去的，怎么也睡不着。

"没有了红树叶被子，小瓢虫会不会冻死呀？"小蓝鸟悄悄地起床，点亮了干草油灯，啊，小瓢虫正在流眼泪呢。

"小瓢虫，你别哭呀。"小蓝鸟最不能看到别人哭了。

"我，我，我会成为你们一家的食物。你们会拧下我的脑袋，撕下我的翅膀，啄烂我的身体，噢，太可怕了。"小瓢虫哭得更厉害了。

"别怕，别怕，有我呢！"小蓝鸟安慰着小瓢虫。

可是，拴住瓢虫的草丝，牵在蓝鸟妈妈的手里，要放走瓢虫，妈妈会很容易发现的。"这可怎么办呢？"小蓝鸟吹灭了油灯，窸窸窣窣想办法去了。

"咕噜——"半夜里蓝鸟爸爸的肚子饿了。"冬天就是容易肚子饿。"蓝鸟爸爸摸着黑就起床了。

"咕噜——"蓝鸟妈妈的肚子也饿了。"半夜里吃东西会长胖的。"蓝鸟妈妈咽咽口水，"不过，我就吃一点点。"蓝鸟妈妈点亮了小草灯。

灯光下，蓝鸟爸爸、蓝鸟妈妈同时发现了对方。

"我，我只想看看瓢虫的脚拴紧了没有。"蓝鸟妈妈说完扯了扯草丝，草丝那头重重的，嗯，小瓢虫还在。

"我，我只是睡不着，起来看看书。"蓝鸟爸爸从枕头下拿出他的书：《蓝鸟类食用大全》。蓝鸟爸爸吃东西前，总要先翻书的。

"书上怎么写？"蓝鸟妈妈怕胖，吃东西也靠这本书，凡是高脂肪的虫子，蓝鸟妈妈一律不吃。

"哗啦哗啦"，蓝鸟爸爸翻到书的末尾一页，上面正画着一只瓢虫，旁边有一段文字：

"瓢虫，鞘翅目昆虫，含有丰富蛋白质，去除外壳（鞘翅）即可食用。"

"太好了。"蓝鸟妈妈很高兴。

接着看下去：

"食用前须知：瓢虫中有一种七星瓢虫，是益虫，鸟类禁止食用。"

"但愿那只红瓢虫不是七星瓢虫。"蓝鸟妈妈叫起来。

"去看看。"蓝鸟爸爸说。

他们看到，草丝拴住的是他们的蓝鸟宝宝。

"瓢虫呢？"蓝鸟爸爸很着急地问。

"不告诉你们。"小蓝鸟轻声回答，不敢看爸爸。

"噢，好孩子。"蓝鸟妈妈心疼地替小蓝鸟解下干草丝，"也许，你做得对，是我们犯了一个错误。我们差点吃了一只益虫。"

"益虫？太好了，我已经把他给放了。"小蓝鸟高兴极了。

"不好。"蓝鸟爸爸更着急了，"这么冷的天，小瓢虫出去会冻死的。"

是呀，小蓝鸟一家全都着急了，三只蓝鸟在寒冷的夜晚飞出了温暖的鸟窝。

"在这儿。"蓝鸟爸爸一眼就看到了小瓢虫，在洁白的雪地上，小瓢虫红红的背特别醒目，他背上的圆点也特别清晰。

"一颗星，二颗星，三颗星……七颗星。爸爸，他是七星瓢虫。"小蓝鸟一边数一边叫。

蓝鸟妈妈已经张开了温暖的翅膀，把快冻僵的小瓢虫暖在了怀里。

第二天早晨，小瓢虫醒来了。"这是什么地方？这么暖和，是不是我已经进了蓝鸟肚子里了？"

"不，你在我妈妈的羽毛里。"小蓝鸟回答说。

"我马上要成为你们家的食物了，是吗？"小瓢虫又要流泪了。

"不，不，你是我们家的朋友。"蓝鸟爸爸抢着回答，"给，这是你的红树叶被子。"

"谢谢。"小瓢虫的眼泪"哗啦"流了出来，打湿了蓝鸟妈妈胸前的羽毛，这可是高兴的眼泪呵！

整个冬天，小瓢虫都是在温暖的鸟窝里度过的。他和小蓝鸟一家成了形影不离的好朋友。

我是小鹿

生日那天，我邀请了三位小伙伴到家里，有马伟民、杨思华、朱诗雨。我们决定像大人那样称呼自己的朋友。

"小马，你请喝茶。"

"小杨，你请坐。"

"小朱，请你看书。"

"小陆，请别客气。"

对，我们相互之间就是这样称呼的。我就是主人小陆。

妈妈从街上回来的时候说："我还以为是进了动物园呢，什么马呀、羊呀、猪呀、鹿呀，真好玩啊。"

我说："是啊，是啊，我就是快乐的小鹿。"

我的话还没有说完，就发现自己变成了一头鹿。

我走进森林，这里的树木高低错落，有大树，也有小树，还有灌木。我踩着落叶在森林里走着。突然，我头上的角被卡住了，卡在一棵小树的枝丫里，越挣扎卡得越紧。

这时候，一只猴子从旁边的大树上挂下来，我看见的是一张倒挂的猴子脸，他说："小鹿没有猴子自在，你承认吧。"

我还能不承认吗？我真希望自己姓"侯"，这样我就可以变成猴子，也可以用尾巴卷着树枝倒挂着荡秋千。

　　"你可以帮我吗？"我问猴子，因为周围没有别的动物，只有这只猴子可以求助。

　　"那你告诉我，你叫什么名字。"猴子问我。

　　我不马上回答，我不知道猴子能不能接受一头小鹿有人的名字。我就问："你呢？"

　　"我叫丢三。"猴子回答。

　　"什么？丢三？"我奇怪极了，没有哪个孩子愿意取名叫丢三的。不过，这事发生在猴子身上。

　　丢三继续说："因为我总是满世界乱跑，跑昏了头，就把自己丢了。我的弟弟就叫落四。"

　　"他也总是不认识回家的路？"我一边问一边在琢磨，这猴子弟兄俩的名字加起来就是"丢三落四"，这就是猴子的爸爸和妈妈起名字的艺术。

　　"哎，我们总是迷路，这真是麻烦，这使我们两个不能成为旅行家。哎，哎，哎，我们是方向盲，不把自己丢了已经不错了，还谈当什么旅行家呢。"丢三倒挂的身本晃得厉害，很烦躁的样子。

　　"那，那我就叫卡卡。"我按照猴子起名字的方法，仓时给自己起了一个名字。

　　"哦，我知道了，因为你总是被卡住。"丢三说着就从树上跳下来，走到我的面前，继续说，"不过，遇到我就没问题。我会帮你把角从枝丫中间拿出来。"

那太好了。猴子骑在我的脖子上，死命扳我的头。

"好了，现在你可以回家了。"猴子丢三说。

我试了试，果然，我已经从枝丫里解脱出来。

"再见，丢三。"我依依不舍地和猴子告别。

"哇——"猴子叫起来。

"怎么了，丢三？"我很关心地问，就像关心朋友一样。

"我不认识回家的路了，这回我要把自己丢了。"

"那你住在哪里？"我也着急了，森林里不像在城里，写着什么路什么新村多少号，怎么找啊。

"我家住在正南方第三棵野栗子树下。"丢三把家庭地址记得牢牢的。

这时候，我找到一个树墩，这是树被砍伐后留下的。"来，丢三，这是你的指南针。"我指着树墩说，"朝南的一面，太阳晒得多，所以树木生长就快，年轮就稀疏。"

"原来，年轮稀疏的一面就是南面啊，太好了，我认识回家的路了。我再也不会丢了。"丢三高兴地叫着，嗨，猴子就是猴子啊，丢三还挺聪明的。

丢三找到了回家的方向，就急急忙忙地回家去了，这时候，我才想起来我还在过生日呢。

我把这件事情说给马伟民、杨思华、朱诗雨听，他们说，丢三以后不再迷路了，就不用叫丢三了，他要改名了，而我们的姓名真有趣，我们喜欢爸爸妈妈给我们起的名字。

图书馆里的狗熊

很多年以前，我生活在一个叫做"慢吞吞"的城市里，浪费了很多的时间。于是我决定搬去一个叫做"忙碌"的城市。

我每天都非常的忙，只有下雨天稍微空闲一些，我就去了图书馆，我向图书馆的管理员要了一杯咖啡，一边喝咖啡一边看书。

没见过有咖啡喝的图书馆吧，它就坐落在"忙碌"市的中心，这里的咖啡和书本一样受人欢迎。图书管理员是一个梳着辫子的女孩，穿着漂亮的花衣裳，那花纹是一片静静开放的紫云英花。

在这个叫做"忙碌"的城市里，有这样的一个地方是多么好啊。

我看着书的时候，进来了一个奇怪的家伙。我看不清楚他的脸，他戴着口罩，穿着雨衣，鞋子上有着厚厚的泥巴，还黏着树叶。我想：他一定是从很远的地方来的，因为整个城市里都没有这样的树叶。

他把雨衣脱了，雨衣里面还有大衣，然后，在门口脱了满是泥巴的鞋子，这才进了屋。

他要了一杯咖啡，来到我面前，问："可以让我坐下吗?"我腾出一块地方。

他说:"最近我总是很困,听说咖啡可以提神。我有很多很多的事情要做,不能总想着睡觉。"

我说:"哦,是的,在这个城市每个人都是忙忙碌碌的。"

他说:"其实,这样很不好,但是没有办法,我需要很多时间做很多事情,比如搭一间木屋、酿蜂蜜、给远方的朋友写信。"

我想,这位朋友一定不住在城市里的,其实,自己搭一间木屋,自己养一群蜜蜂,空闲的时候给朋友写写信,这样的生活不挺快乐吗?

可是,他说:"我没有时间去做这些事情了,我已经开始瞌睡了。"

我说:"是的,我也瞌睡过。瞌睡是很难赶走的。"

他很高兴我也有类似他的经历,所以他接着说:"知道吗?古老的书里记载,有一种叫做瞌睡虫的虫。"

"不知道,我只知道甲壳虫、西瓜虫和放屁虫。"这些虫子的名字有一些好玩或者难听,所以我记住了,除此之外,我真的说不出别的虫子的名字了。

他就开始为我介绍起瞌睡虫来。

"他们不住在树洞里,也不住在地里,更不住在鸟类的羽毛里,他们就住在风里,真的,北风一刮,我就开始想睡觉了。"

哦,这些知识我一无所知。

接着我就继续看我的书，过了很久，当我站起来去换书的时候，突然看见了他的脸，他的口罩已经拿掉了。天哪，我大吃一惊，这决不是因为这张脸难看，而是因为这是一张狗熊的脸。

没有比在图书馆看见狗熊更加让人觉得意外的了。但是我没有尖叫，只是悄悄对梳小辫的图书管理员说："我看见这里来了一只熊。"

那个图书管理员却用很响的声音说："你开玩笑吗？熊怎么会来看书，他应该到对面的面包店去。"

"真的，他的鞋子上黏着一片野橡树的叶子，城里没有的。"我仍然压低了嗓门说话。

等我转身的时候，就发现那只熊已经不在了。

我对图书管理员说："是你把他吓跑了。"

图书管理员看了看借书卡，天哪，是一片树叶，野橡树叶子。她把目光投向窗外，看见那个穿着雨衣的身影从面包店经过，慢慢地远去了，直到变成了一个很小很小的黑点，消失在雨中。

我回到自己的座位上，看见狗熊留在桌上的书，这是一本关于"狗熊"的书。上面写着：熊为什么要冬眠。

图书管理员推了推眼镜说："我猜，这位熊先生一定住在野橡树旁边。"

"是的，他还有自己的小木屋，他还养了几箱蜜蜂。"我说。

"但是，他是一个傻瓜，他把自己的生活安排得很忙很忙。"图书管理员说。

这个忙碌的城市里有很多很多这样的傻瓜。

屋外风刮得很大，哦，森林里的熊啊，但愿你能在天黑前回家，好好地睡一觉，做个好梦。

我是一只羊

星期天，我们全家去郊外露宿，那是一片绿色的草地，草地上还有羊。爸爸支起了一个帐篷，妈妈开始在草地上铺她的桌布。

我呢，就在草地上踢足球。我对准球猛地一脚，球飞了出去。我欣赏着球飞行的弧度，突然听见脚下有细小的声音传上来。

"哎哟，这孩子真是太狠了，脚不大劲还挺大的。"

这是谁在说话？声音这样陌生？

我的周围没有一个人，爸爸和妈妈在草地的另外一头。

"不会是老蚱蜢吧。"我说。

"不是的，是我，我是一棵草。"那个陌生的声音说。

"草？哦，你是会说话的草？"我奇怪地问。

"草都会说话的呀，只不过是你没有听见而已。"草说，"你们人类根本就没有把我们草当回事。只有羊，他们每天很耐心地听我们讲泥土的故事。"

我看着草地上悠闲散步的羊，想：如果我是他们中间的一员就好了，我可以听见草讲的故事了。

我心里想的往往是可以成为现实的，妈妈早就说过，只要去想了，就成功了一半。我发觉我已经变成了羊，因为我看见自己的手变成了羊的前蹄。

"喂，你不打算趴下吗?"草对我说，"像你这样站着的羊太引人注意了。别人会认为你是马戏团逃出来的。"

我马上就趴下了，我正想寻找那棵和我说话的草。

但是，别人还是把我当成马戏团的羊了。我这里说的别人是指我的爸爸、妈妈或者还有和我一样变成羊的人。

爸爸说："那只羊真奇怪，他长着彩色的羊毛，我看是马戏团老板故意这样染的。"

妈妈说："天哪，这个马戏团老板真是颜色专家，和我打的毛衣一样的花纹。"

草地上的羊马上就围了过来："嗨，朋友，你是吃了花吧? 要不，怎么会长彩色的毛呢? 我们羊从来不吃花的。尤其是红花，谁也不想变成红羊。"

我认为他们说的一点道理也没有，他们吃的草是绿色的，那为什么就没有变成绿羊呢?

但是，我只是跟他们说，我只吃过马兰头、响铃铃草这样一些草，其他的就没有吃过了，而且是煮熟了吃的。

"怪不得，我们从来没有吃过煮熟的草。"很多羊都说。

不管怎样，我总算是一只羊了，我总可以和草说说话了吧。

"你是什么草？比如有的叫响铃铃草，有的叫车前草。"我想根据草的名字把这棵会说话的草找出来。

但是，草沉默了一会儿，说："我是一棵无名小草，不像响铃铃草可以吃，车前草可以做药，所以他们的身价很高，我只是一棵杂草。但是我已经很多很多岁了。"

哦，草也有年龄的。为什么没有呢？

"他已经5岁了。"一只弯角羊对我说。

"如果没有人踩坏我的根，冬天也没有冰雪冻坏我，我会一直活下去的。"草说，"我的根是老的，叶子是新的。"

"我们羊吃草的时候，只是吃叶子，从来不吃根，否则明年我们就见不到这棵草了。"弯角羊说，"每年这棵草从地里冒出新芽来的时候，我就一眼认出他来了。"

"羊如果稍稍变了一些样子，我也照样认识。"草说，"羊吃了我们的叶子会长很长的羊毛。天气暖和起来的时候，人们就剪羊毛，羊变成很年轻的样子，但是我还是一眼就认出这只羊就是去年的那只羊。"

"是的，人们把我们的羊毛剪下来做成衣服，这太棒了，草变成羊毛，羊毛变成衣服。"弯角羊说。

我想：当人们穿着漂亮的羊毛衫从草地经过的时候，羊和草都会觉得非常的幸福的。

我还没有来得及和羊好好聊聊，我的爸爸妈妈就开始叫我过去了。

我对草说："明年我还来看你。"刚刚说完，我就变成了人，来不及和那些羊道别。我脱下鞋子，走到爸爸妈妈跟前，爸爸和妈妈奇怪地看着我，他们问："你怎么脱了鞋子？"

"我怕踩坏这些小草。"我很认真地说。

"有道理。"爸爸和妈妈也认认真真地脱下了鞋子。

夜晚来临，我们一家在草地上露宿，我把耳朵贴在地上，我想：夜里，我或许能听见小草讲的关于泥土的故事。

我是一只公鸡

暑假里，我和我的哥们儿闹了一些意见。比如：我让小胖骑我的自行车玩，但是，小胖非要去和阿宝玩滑板；我让阿宝下棋，阿宝非要去楼下捉蚱蜢。

我常常为了这些事情生气。"他们这样算是我的哥们儿吗？"我对妈妈说。为了避免我们之间的矛盾升级为打架，妈妈决定把我送到乡下外婆家。

外婆养了很多很多的鸡，他们都有名字：芦花鸡、青脚鸡、短脖子鸡……但是我根本就无法区分他们谁是谁。

他们在田野里四处玩耍，相互追逐着。说实在的，我太想加入他们的游戏了。

我刚刚这样想的时候，马上就有一只很大的公鸡跑到我的面前，他有着骄傲的大尾巴，他对我说："嗨，欢迎你加入我们的行列，我们正在和花猫打仗。"

"啊，太好了，我和小胖也玩这个游戏。"我就这样答应加入鸡的游戏。

当我也成了鸡以后，我很快认出他们都是谁了。那只邀请我加入行列的是他们中的大王，叫花尾巴。

这时候，奶奶拿着米来喂鸡。"一、二、三、四、

五、六、七，咦？怎么多了一只鸡啊。"奶奶嘀咕着。

"就是你，你这只鸡不是我家的。"奶奶指着我的鼻子，不对，指着尖嘴巴，我的鼻子就在尖嘴巴上，是两个很小很小的孔。

"奶奶，你不认识我了？"我对着奶奶叫着。但是，我发出的声音只是"咯咯、咯咯、咯咯……"

奶奶说："好了，别叫了，我也不管你是哪家的鸡了，你想吃米就吃吧。"

我才不吃那硬邦邦的米呢。

一只好心的花母鸡跑到我跟前，对我说："你不吃米，我带你去捉虫吧。"

她把我带到树底下，几条大青虫躺在地上睡大觉。

花母鸡说："这下你可以美美地吃一顿了。"

我赶紧说："不客气，还是你吃吧。"

可是，花母鸡一定要让我吃，我对花母鸡说："好朋友要相互尊重的，不勉强别人，对吗？"

花母鸡听了点点头，不再让我吃，她几口就吃掉了青虫，然后把嘴巴在泥地上擦了擦，还对着我说："味道好极了。"

对他们最最有意见的是外婆家里的花猫。这天，花猫藏了花母鸡的蛋。鸡很气愤。

"这是绑架，这只花猫简直就是强盗。"

"对，我们一定要战胜他。"

我对他们说："如果鸡和猫单打，不一定能胜，对不

中国当代童话新锐作家丛书

对?"

鸡说："对啊，我们从来没有胜过。"

"所以，如果要和猫打架，首先要学会集体作战。"

他们听我这样说，都很佩服地对我说："好，你指挥吧，我们听你的。"

我训练他们排队，带领他们一个接着一个攻击，还教他们学习把猫团团围住。

鸡和花猫的战争就这样开始了，他们之间不是游戏，是真正的战争。连我在内七只鸡围着花猫，去啄花猫，不给花猫喘气的机会，花猫把毛都撑开，背弓得很高，尽量显得高大，鸡也这样，把毛抖动起来，发出"咯咯、咯咯、咯咯……"的声音。花猫害怕了，只能交代了藏蛋的地点。

花母鸡抱回了自己的蛋。为了表示对我的感谢，也为了庆贺自己的胜利，鸡邀请我一起洗澡。

他们洗澡就是在挖松的泥土里扑腾。

"来吧。"花尾巴邀请我。

"不。"我说。

"不？你怎么可以不和我们一起洗澡？"花尾巴说，"我们不是好朋友吗？"

"是好朋友，但是好朋友也会有不一样的习惯。"我对鸡说。

天开始暗下来的时候，我要和鸡告别了，否则晚上和他们一起站着睡觉，我可没有这个本领。

鸡不舍得我走，问我临别有没有什么话要说。我说：
"有时候，是否可以考虑下一个方的蛋。"

　　鸡听了都"咯咯"地笑着。

　　暑假结束的时候，我回到了城里，和我的哥们儿在
一起，我已经忘记和他们争吵过的事情了。

晚出世的妈妈

从早晨起，会唱会跳的小布娃突然撅起嘴，托着下巴一声不吭了。

"你生病了吗？小布娃。"小狗过来摸摸她的额头。

"没有，没有。"小布娃心烦地转过身，把背对准了小狗。

"那，那就是你的裙子弄脏了？"小狗跟过去，凑到了小布娃的鼻子跟前说。

"没有，没有。"小布娃干脆趴在桌上，把脑门儿对准了小狗。

"小布娃，你怎么啦？"屋子里的玩具都过来安慰她。小布娃是他们中间最快乐的公主呀。

"小狗有妈妈，我，我为什么没有妈妈？"小布娃说完哇哇大哭起来，"我，我一定是从垃圾堆上捡来的，呜——呜——"

"那，那我也没有妈妈，呜——呜——"玩具熊说着也哭了。

"我，我也是从垃圾堆上捡来的，呜——呜——"玩具汽车也跟着哭。

屋子里的玩具都哭了，哭得小狗头都要炸了。"汪、

汪、汪——别，别哭了，垃圾堆上哪有这么多漂亮玩具呀！"小狗这么一叫，所有的哭声都停了。

"那，那我们是从哪儿来的呀？"玩具们问小狗。

"我也不知道。我只知道，你们是从商店买来的。"

"那，那我们就去问商店的售货员。"玩具们排好了队跟在小狗后面去了商店。

"我，我也不知道。我只知道，你们是从玩具厂运来的。"商店的售货员说。

"那，那就去玩具厂。"小狗下了命令。

玩具厂的门口一下子挤了这么多的玩具，在传达室门口叫着要妈妈。玩具厂的一位叔叔出来问："什么事，孩子们？"

"我们来找妈妈。"

"妈妈？"叔叔摇摇头，"我们只生产玩具娃娃，没生产过玩具妈妈呀。"

"我要妈妈——"小布娃哭着叫。"我也要妈妈！""我也要妈妈！"玩具汽车和玩具熊也叫。

"哎，瞧我们多粗心，忘了给你们设计妈妈了。别哭了，叔叔给你们想办法。"

叔叔拿来一个照相机："来，拍个照，然后留下你们的住址。等妈妈生产出来了，叔叔给你们送去。"

玩具们都排了队，拍了照。

"我要妈妈跟我穿一样颜色的衣服。"小布娃说。

"我要妈妈跟我长得一样胖。"玩具熊也说。

"我要妈妈有很大很大的车厢，让所有的玩具都能乘坐。"玩具汽车说。

玩具们说完就回家等妈妈了。

等呀，等呀，妈妈什么时候来呀？妈妈会不会不认识家呀？

有一天，门口来了一位穿绿衣服的邮递员叔叔。小狗问："叔叔，您邮包里有什么好东西呀？"邮递员叔叔指着邮包说："玩具妈妈三个，请哪位玩具娃娃签字领走？""我！""我！""我！"玩具娃娃们全挤了上来。叔叔打开邮包。"妈妈——"小布娃一眼认出了跟她穿一样裙子的妈妈。玩具熊也抱住了和他一样胖的妈妈。玩具汽车看着宽敞漂亮的玩具汽车妈妈，高兴得直乐。妈妈们也很高兴："哈哈，我们的娃娃多像我们呀！"

"还有一封信。"邮递员叔叔说。小狗打开信，是玩具厂的叔叔写的：

"孩子们，谢谢你们给叔叔出了好主意。今后，叔叔要为你们生产玩具爸爸、玩具哥哥、玩具姐姐、玩具弟弟、玩具妹妹，让你们成为快乐的玩具一家。"

"噢，太好啦！我们去谢谢玩具厂的叔叔。"大家坐上了玩具汽车妈妈的车。"嘀嘀嘀——"出发了。小狗呢？当然是当驾驶员啦。

《鼹鼠的月亮河》节选

第二章

8

米加遇到了一个叫做咕哩咕的人。

他是一位贫穷的魔法师。

米加被咕哩咕的魔法吸引，决定拜他为师。

书城有很多的房子，还有很多的车子，很多人在大街上走着。

有时候，也能遇到狗熊戴着草帽坐在路边的石凳上看报纸。

小鸭子背着书包上学，他们排着队穿过拥挤的马路。

猫在街头雕像下面晒太阳，那雕像是一本翻开的大书，这并不表示猫爱读书。

小小的鼹鼠在这里是不会引起别人注意的。即使他穿着有条纹的彩色衣服。

城市的灯光很亮。这使得米加分不清白天和黑夜。

他慢慢开始改变自己的睡觉习惯。这样，他就有很多时间去逛街和看书了。

街上有各种各样的小摊子，可以买到许多有趣的东西。

有卖棉花糖的。

有卖风筝的。

还有卖糖葫芦的。

最吸引米加的是这个城市的图书中心，这里有各种各样的图书，但是有一些关于魔法和巫术的书，已经在很久很久以前被山上的魔法师和森林里的巫婆买去了。

米加可以到这里免费地看许多的图书。米加希望设计洗衣机遇到的难题在这里可以找到答案。

在图书中心的前面是中心广场。广场一直是最拥挤的地方。书城的居民大部分都喜欢读书，除了少数不爱读书的，比如猫。凡是爱读书的就一定会到这里看书。

可是，今天大家都没有在看书，而是围成了一个圈，伸长脖子在看。米加想了想，也从拥挤的人群中挤了进去。

呵，围在中间的是一个和他一样穿彩色条纹衣服的人，大家正对着他扔鲜花。

他看上去不算很老，瘦瘦的，高高的，衣服显得很宽大。他的头顶已经没有头发了，亮亮的，周围有一些稀疏的鬓发紧紧地贴在耳边和后脑，他的头发还没有他的胡子长。在胡子的上面有一个肉肉的圆鼻子。

他手里举着一根银色的棒，这是魔术棒。他挥动魔术棒的时候，空中就画出了一道道银色的光圈。

"各位请看，这是一个马铃薯。一个真正的马铃薯。昨天刚刚从土里挖出来的马铃薯。一个还带着泥的马铃薯。"他说一句就换一个方向，这样可以让大家都看清楚。

大家的眼睛马上就都盯着马铃薯了。

"现在，我，咕哩咕，要把它变成一只手表，一只滴答滴答响的手表。"原来他的名字叫咕哩咕。

他刚刚说完，人群中就发出"噢——噢——"的声音。大家都很激动。

"真的？你不会是要把马铃薯变成土豆吧？"人群中有人大叫着。

"哈哈哈哈……"大家笑得很厉害。

"吧里卟噜，稀里哗啦……"咕哩咕啰里啰唆地念了一大堆，手里的魔术棒转了一圈又一圈。

所有的人都不再发出声音，好像停止了呼吸。

突然，他停了下来。

啊，大家面前的马铃薯真的不见了！他变出来的是一块石头。

"哈哈哈哈……"所有的人都开始哄笑起来。

"不要笑，这只是一个小小的玩笑，今天是我的生日，所以，在真的变成手表以前，我先要和大家开个玩笑。"咕哩咕掏出手帕，擦了擦鼻子上那几滴亮晶晶的汗水。

有人又叫起来："不管怎样，能够把马铃薯变成石头，也算是有些本事的。"

"是啊，是啊！"大家又叫起来。

"下面我就真的开始变手表了。"咕哩咕大声宣布。

于是大家更加安静了。

"各位请看，这是一块石头，一块硬邦邦、冷冰冰的石头。"他还是像刚才一样把手里的石头对着各个方向给大家看。

观众中有一位野猪先生有些不怎么相信，他把石头拿过来，放进嘴巴里就嚼。

"咔嚓——"野猪先生的牙齿蹦掉了一颗。

大家哈哈大笑。

只有咕哩咕一点也不笑："我咕哩咕要把它变成手表，滴答滴答响的手表。"

然后，他开始念魔法口诀："哈里卟噜，稀里哗啦……"他又啰里啰唆地念了一大堆。

"变——"最后，他大声命令石头。

啊！石头真的变了，不过嘛，这回还有一点点小小的不对劲，石头没有变成手表，却变成了一个钟，一个会滴答滴答响的钟。

"大家看吧，这是滴答滴答响的钟。这个马铃薯实在是太大了一些，所以就变成了钟！但是，这也很不错。大家听见'滴答滴答'声了吗？"咕哩咕的额头上又开始冒汗了。

尽管钟和手表有一点点不一样，大家还是很高兴。反正是变着玩的，没有人太认真。

演出就这样顺利地结束了。

只有咕哩咕自己清楚，他今天又念错了两回魔法口诀。

咕哩咕把所有的东西放进他的大旅行袋，这个大旅行袋对于咕哩咕来说实在是有一些浪费的，因为咕哩咕是很穷的，他所有的东西无非就是变魔术用的土豆和实验用的几个瓶子。

周围的人群已经散了，地上散落着一些鲜花。那个马铃薯变成的钟也已经被别人抱回家去了。

可是，米加还站在那里。

"你怎么还不走，孩子。"咕哩咕说。

"你刚才是怎么做到把马铃薯变成钟的？"米加问。

"这你可学不会，这是我的本领。"咕哩咕说完就走了。

走到街头的拐角，咕哩咕才发现米加紧紧地跟在他的身后。咕哩咕走，米加也走，咕哩咕停，米加也停。

"你为什么跟着我？"咕哩咕问。

"我想跟你一起走。"米加说。

"是吗？那你能做什么呢？"咕哩咕问。

"我什么都能做。只要你让我跟着你学习本领。"米加说。

"哦，原来是想学我的魔法，告诉你，这魔法可不是鼹鼠容易学会的。"咕哩咕说。

"是的，但是，我真的下决心学的。"

"其实，我只是一个穷得叮当响的老头。"咕哩咕只好说实话。

但是米加就像没有听见一样，坚持说："我不会吃很多东西的，我还会帮你干活。"

咕哩咕想：是啊，他只是一只小小的鼹鼠，不会很难养的，也不会像猫和狗那么烦人。也许，有一只小小的鼹鼠陪着，也不错哦！

9

咕哩咕原来是住在山上的魔法师，但是有一天他把鸟窝变成了帽子，把帽子变成了鸟窝。

他在山上再也住不下去了。

其实，咕哩咕最怕遇到的是麻雀。

"我对麻雀过敏。"咕哩咕对米加这样说。

这是有原因的。

咕哩咕原来是住在山上的魔法师，在山上，他有一间很简陋的小木屋，还有就是一顶破旧的黑色礼帽。

顺便说一句，咕哩咕那时候是天天戴着这顶礼帽的，从来不露出他的光头。

想一想，在森林里露出头顶是多么麻烦的事情。那些小鸟会以为那是一个不长小草的荒岛而落在他的头顶歇脚，这会招来鸟粪。

所以对于光头来说，在森林里戴帽子很重要。

咕哩咕独自住在木屋里练习他的魔法。

练习魔法靠的是记忆。必须把那些奇奇怪怪的魔法口诀背熟，不能有一点点的错，否则很可能会变出完全不同的东西来，甚至会导致可怕的事情发生。

魔术师主要的本领就是把一种东西变成另一种东西，这个本领魔法师都是可以掌握的。但是如果要把变成的东西恢复成原来的样子，这是很难的；如果想要让变成的东西永远不变回去，这也是很难的。

到了 100 天，不管你愿意不愿意，魔法都会自动解除。

举个例子说：

有一次，咕哩咕把家里的桌子腿变成了树。

桌子腿就开始长树叶了，那些树叶有的是绿色的，有的却是木头颜色的。树枝一直从他的屋里长到了屋外。他那破旧的木屋变成了长着各种美丽树叶的屋子，接着就开花了，再接着，就结了青色的果子。

这段时间，对于咕哩咕来说，是很幸福的时光，咕哩咕就等着果子变红变熟。

他多么希望果子树永远是果子树，不要变回桌子腿啊！

就在这时候，魔法到了失效的时间，树又变回了桌子腿。咕哩咕根本就没有办法。

"魔法总归是魔法，永远不会让真的变成假的，也不会让假的变成真的。"这是每一本魔法书的第一页上必定写着的字。

所以，咕哩咕也就吃不成果子了。尽管这样，咕哩咕的魔法也算是练成了。

在离咕哩咕家不远的地方，有一棵很大的树，树上住了一群鸟，其中就有麻雀一家。

咕哩咕很想在他们面前露上一手。

"亲爱的麻雀，我很想把我的快乐和你们分享一下。"咕哩咕戴着他黑色的礼帽。

"很好。"麻雀一家正在鸟窝里闲得没事。

"我想把你们的鸟窝变成帽子，怎么样？"咕哩咕看准了帽子和鸟窝有些像，这样变的时候比较容易一些。

麻雀们觉得这真的可以算是好玩又新鲜的事情，就答应了。

"咕里噶啦，吐里啥啦……"咕哩咕的魔法口诀刚刚念完，麻雀一家就叫起来，他们的家已经变成了帽子，帽子上还粘了几根羽毛。

等大家玩够了，麻雀说："还是我们自己的家好，现在给我们变回来吧。"

可是，咕哩咕没有学过变回东西的魔法。

"等过了 100 天，魔法消失了，你们就可以有原来的鸟窝了。"咕哩咕说。

"这怎么可以！"麻雀爸爸生气了。

"但是，我不能变回来。这是没有办法的事情了。"咕哩咕说。

麻雀一家气愤极了，他们把咕哩咕的帽子啄了下来，接着开始啄咕哩咕的光头。

"啊，不要这样！我们是邻居。"咕哩咕狼狈极了。

"那还给我们鸟窝！"麻雀们只想要自己的家。谁遇到这样的事情都会拼命的。

对了，对了，我可以把自己的帽子变成鸟窝给他们。咕哩咕突然想到这个好方法。

他又啰里啰唆地念了魔法口诀。

他的帽子就变成了鸟窝。

现在麻雀一家住的鸟窝是咕哩咕的帽子变的，而咕哩咕的帽子是鸟窝变的。麻雀们有了自己的家，也就不和咕哩咕拼命了。

咕哩咕总算松了一口气。

大约是到了 100 天的时候吧，咕哩咕正在路上走，发现很多人开始盯着他看。

"你们为什么总看我？"咕哩咕问。

"难道你不觉得你顶着一个鸟窝很好玩吗？"有一位森林工人这样对他说。

咕哩咕赶紧回家照镜子。啊，他真的是戴着鸟窝的，那个样子真是有些滑稽，很像是森林里的巫师。

帽子变回了鸟窝，假的成不了真的，真的成不了假的，一点也没有错。

麻雀呢？他们的鸟窝同时也变回了帽子。

"一顶黑色的帽子卡在树枝上，真是奇怪。"有人这样说。

"而且这顶帽子里还住了麻雀的一家，真有些好玩。"还有人这样说。

麻雀一家是不愿意住帽子的，更加不愿意住在一顶破旧的黏着卷曲的头发丝的帽子里。

"我受不了这顶帽子里有那个魔法师的味道。"麻雀妈妈说。

麻雀爸爸决定去要回属于自己的鸟窝。他追着咕哩咕，把他的光头又啄了一回。

现在只要是看见麻雀，咕哩咕就觉得害怕。

为了躲开麻雀一家，咕哩咕决定离开高山。

从此，咕哩咕没有了家，也没有了帽子。

"对于一位魔法师来说，什么都不需要。"咕哩咕安慰自己说。

但是，对于一位到处流浪的魔法师来说，他需要一个帮手，需要一位说话的朋友。

这是魔法无法变出来的。

《住在雨街的猫》节选

4

雷莎太太给了猫一份工作，还为猫订了一份报纸。

报纸的名字是《狗眼看人》，这是一份真正为动物准备的报纸。

阿洛和阿旺常常坐在美人蕉下面读报。

自从有了黑猫，雷莎太太就不用再自言自语了。

"阿洛，你去看看，放在桌上的那块蛋糕还在吗？"

"阿洛，你应该把爪子洗洗干净再吃东西。"

"阿洛，你帮我把披肩拿过来。"

雷莎太太总是这样招呼着阿洛。

而那只叫做班尼的老鼠，也不敢随随便便就到雷莎太太的地板上散步了。

邻居老汤家的那条叫阿旺的狗常常忘记了取报纸，而跑到花坛边找阿洛。阿旺说："怎么样？和人住在一起习惯吗？"

"是的，你呢？"黑猫阿洛说。

阿旺说："当然，我喜欢汤先生，汤先生喜欢动物和植物胜过喜欢人。"

阿旺接着问："你有工作吗？"

"工作？"阿洛不明白阿旺的意思。

"比如像我，每天拿报纸，还帮主人看门。"阿旺说话的时候显得很自豪。

阿洛显得很不安，因为，雷莎太太没有让他看门，也没有让他拿报纸。

晚餐的时候，阿洛一直没有说话。

雷莎太太问："怎么了？我的孩子。"

"我需要一份工作，像阿旺一样的工作。"阿洛把尾巴竖起来，耳朵也竖起来，显得很强壮。

对待这只需要工作的黑猫，雷莎太太很认真。

她想了想，说："这样啊，你从今天开始就帮我看管家里所有的木家具，不让那只叫班尼的老鼠随便来磨牙。"

这工作太重要了，无论是雷莎太太的椅子还是桌子，都不能承受损伤了。不过，对猫来说，看管像班尼那样胆小的老鼠也太容易了。

"另外，从今天开始，你还要去取一份报纸。"雷莎太太说。

第二天下午，阿洛和阿旺一起等在花坛边取报纸。

4 点 10 分，邮递员的单车从街角的花坛边经过，扔下来两份报纸，阿旺接住了其中的一份，阿洛没有接住，阿洛很羡慕阿旺。

可是，等他们打开报纸的时候，就轮到阿旺羡慕阿洛了。

阿洛的报纸是一份完完全全吸引狗和猫的报纸，报纸的名字叫《狗眼看人》，主编是一只智商绝对高的狗，研究人已经有很多年了。

只要是动物，基本上都是知道《狗眼看人》这份报纸的。这几年，《狗眼看人》报的发行量一年比一年高，主要原因不仅仅是它拥有众多的动物读者，更主要的是它拥有了很多人类读者，人类越来越关注动物的存在。

下面介绍《狗眼看人》的几个著名栏目：

一、牛头不对马嘴。主持：牛和马。在栏目的开头有一头牛和一匹马的图像，牛戴着眼镜，马戴着耳机。牛和马都是能说会道的演说家，他们进行辩论，主要是谈谈对人的看法。本期的话题是：和人类一起居住对动物来说是好事还是坏事。牛说，和人类一起居住对动物来说是好事，而马说，和人类一起居住对动物来说是坏事。他们各说各的观点，永远说不到一块。

二、不要把我当成猪。主持：猪。接着就是一头猪的图像，这头猪穿着西装，开着一辆豪华轿车，很有人样。本期主持猪认为，和人相处要懂得遵守交通规则，不要认为是猪就可以随便穿马路，照样会受到人类警察的罚款，而猪又没有人类的钱，这是一个很麻烦的问题。

三、学会说"不"。主持：蜥蜴。照片上的蜥蜴张大了嘴巴，耸着肩膀，一副无可奈何的样子。这是一个最受动物欢迎的栏目，它教动物学会对主人说"不"，如果哪个主人被自己养的动物抛弃了，主持蜥蜴会把他的照片登出来，让大家看看这到底是谁，大家就都不愿意和他一起住了。

对于阿旺和阿洛来说，这份报纸是很有趣、很重要的。

"和人类一起生活，必须读读这份报纸；和动物一起生活，必须读读这份报纸。"这是报纸狗主编送给每一个读者的话。

阿旺和阿洛坐在那一株美人蕉下面认认真真地读着报纸。

5

阿洛出生在风街。

他的妈妈是很漂亮的白猫，她把黑猫藏在兔子的草垛里，藏在树上，藏在河边的草丛中……

最后，主人胖女人还是把他丢弃到一个陌生的地方。

美人蕉有着宽大的叶子，红色的花朵，黑猫阿洛喜欢这株美人蕉。

美人蕉叶子尖上有一滴雨珠滚落到猫头上，阿洛一点也没有感觉到，他趴在那里想自己的心事。

阿旺推推阿洛："你在想什么？好像有心事哦。"

阿洛好像是猛地被惊醒了一样，胡子猛地一翘，说：

中国当代童话新锐作家

88

丛书

"你知道吗？我曾经被人类抛弃过。"

阿旺很同情他："是吗？这简直不可思议，你恨人吗？"

阿洛想了想，猫脸显得有些不高兴："不，我不恨人，雷莎太太就是一个好人。但是我以前的主人是个很冷酷的人。"

阿旺很想知道阿洛的故事，他伏下身，眯起眼睛，准备着当一个忠实的听众。

阿洛出生在风街，距离雨街很近。风街常常刮风，并且伴随着一些沙尘，所有的房屋看上去都灰蒙蒙的，住在风街的人大多数是贫穷的。

但是，阿洛出生在一个富有的家庭，一起出生的还有另外几只猫，他们都是白色的，而且都很胖，只有阿洛是黑色的，很瘦小。

阿洛的妈妈是一只很漂亮的白猫，她有着雪白的毛和健康的身体，她是捉老鼠的能手。

猫妈妈喜欢她的猫，尤其是那些白色的猫。

猫的主人是一个很胖的女人，她说，这么多的猫养在家里，真的很烦，想办法送人吧。

后来，就是一个接着一个的人来看，他们中间有的是穷人，有的是富人，那些白猫一只一只被领走。

被领走的猫很舍不得自己的妈妈，猫妈妈也舍不得自己的孩子。

最后，就剩下了黑猫。剩下来的黑猫也很伤心，因为他知道自己是一只没有人看得上的猫。

当其他的猫宝宝被领走以后，猫妈妈就只有一个孩子了，猫妈妈虽然觉得黑猫长得太黑，但是，她不希望黑猫再被抱走。

猫妈妈把黑猫藏在郊外兔子的草垛里，那些兔子把草晒干，堆成草垛，到了冬天，兔子就吃草垛上的干粮，终于有一天，兔子把草垛吃完了，兔子吃完最后一些草的时候，说："再见，黑猫，你要等到明年秋天再来住了。"

猫妈妈又把黑猫藏在树上，树上的鸟儿好奇地打量着黑猫，他们问他：

"你有翅膀吗？"

"你有彩色的毛吗？"

这让黑猫非常的尴尬。最糟糕的是风街经常刮风，当风儿吹来的时候，黑猫紧紧地抱着树干，他感觉非常害怕。

猫妈妈把黑猫藏在河边的草丛里，黑猫和青蛙一起玩，一起看池塘里的星星，他们感到非常开心。猫妈妈每天都到河边看黑猫，然后回家，有一天回家的时候，猫妈妈把河边的泥巴带回了家。

胖女人一边擦着地板，一边叫起来："这些泥是哪来的？只有河边的湿地里才会有这样的泥。"

胖女人开始跟踪猫妈妈，她在草丛里找到了黑猫。

她把黑猫拎起来，很生气地说："这个脏东西，没有人要的东西，这回可让我找到了，我要把你扔得远远的。"

猫妈妈竖着尾巴站在胖女人的面前。但是，胖女人根本就不理会。

胖女人把黑猫装在一个纸箱里，然后就带到了一个完全陌生的地方。那是一个冬天的夜晚，大街上一个行人也没有。胖女人拎着猫的脖子说："你就留在这里吧。"然后就走了。

黑猫紧紧地跟了几步，但是，胖女人走得更快了，黑猫就不再追了。

他站在光秃秃的电线杆下面，路灯的光冷冷的，把黑猫身后的影子拉得老长老长。他紧紧地靠着电线杆，冰冷的电线杆成了他唯一的依靠。

6

阿洛流浪到阳光街，阳光街所有的东西都是有主人的。

他连树都不能靠一靠，因为树是属于鸟笼里那只鸟的，而他连一个树荫也没有。

黑猫独自流浪到阳光街。那是阳光巫婆统治的地方，阳光巫婆把阳光街烤得香喷喷的。

冬天到了这样一个地方，应该是最幸运的事情了。

这里的人们喜欢晒被子，晒鞋子，晒豆子，晒一切可以晒的东西。

阳光街住着很多的猫，猫在那里随时都可以晒太阳，大家都说，那是猫的乐园。那些猫都有自己的主人，她们的脖子上挂着铃铛，她们被主人抱着，很悠闲的样子。

有一只花猫，她的脖子上戴着一个铃铛，走起路来丁零当啷。她有一块透明的玻璃。她拿着透明的玻璃到处照着。

当她把玻璃照到阿洛身上的时候，阿洛的身上就有了一个亮亮的光圈。

她问黑猫："你是谁？"

"我是一只野猫，一只无家可归的野猫。"黑猫说。

"啊哈，这里有一只野猫，他什么也没有，也不属于谁。"铃铛猫说。

"是的，我什么也没有，也不属于谁。"黑猫说。

铃铛猫很高兴，她对阿洛说："好的，那你就是自由的，你想看我变魔术吗？"

阿洛不懂得她有什么魔法。

铃铛猫就去捡一些落叶，她说："这棵树是我家主人的，所以这些落叶我可以随便拿。"

她把那些落叶聚集在一起，然后拿出那块玻璃，对着太阳，让太阳照着玻璃，落叶上马上就有了一个小小的圆点。

铃铛猫说："这叫焦点，懂吗，焦点就是焦点。"

铃铛猫一动也不动，让那个焦点一直对着落叶，过了一会儿，阿洛看见那一堆落叶燃烧起来了。

铃铛猫叫起来："哦，我成功了，我成功了。"

火继续烧着，越来越旺，烧到一个竹篱笆。

竹篱笆后面冲出来一个男人，很凶地骂起来："啊，这是我的篱笆，你们居然敢在我这里放火。"

阿洛吓坏了，他拼命地逃，逃啊，逃啊，他走了很长很长时间的路。最后，他跑不动了，他找到一棵树，这是一棵光秃秃的树，他想在树上靠一靠，休息一会。

"喂，你是哪家的猫啊，这是我的树。"树上挂着一只鸟笼，鸟笼里的鸟瞪着眼睛对着猫说话。

"你的树?"黑猫很奇怪。

"当然，这是我的树，所以我才挂在这里。"

真好笑，这只关在笼子里的鸟还有一棵属于自己的树?

"那好吧，我就只在树荫下站一会儿。"黑猫说。

"那也不行，树荫是属于我的。"说话的居然是那棵树。

"到了冬天，我的叶子落在地上，我变得光秃秃的，只剩下这个影子，让我看见自己依然美丽的树干。"

啊，这棵冬天的树还有属于自己的影子。

是啊，黑猫看看自己的身影，他也只有这个身影是属于他自己的。

"但是到了黑夜里，连身影也看不见了。"黑猫说。

树听了猫的话很难过。黑猫自己也很难过。

后来，黑猫才知道，阳光街所有的东西都是有主人的。

阳光街的某一块砖是属于一只蟋蟀的；

阳光街的某一朵花是属于一只蝴蝶的；

阳光街的某一条街道是属于某一位富翁的；

阳光街的阳光是属于阳光巫婆的。

黑猫只能离开阳光街，继续流浪，直到流浪到雨街，遇到了雷莎太太。

"好了，现在好了，你已经有了一个非常好的家。而且你瞧，这报上也说了，动物也可以抛弃人类。"阿旺说的报纸就是那张《狗眼看人》报。

此刻的阿旺拿着报纸站在黑猫面前，舒展着自己的每一根黄毛，尽量使自己看起来高大一些，直到他认为自己像一堵墙了，才满意地摆了摆耳朵。

7

雨街将发生地震，汤先生说，这是雨街的第二次地震。

雷莎太太不愿意离开她的老楼，阿洛也不愿意离开雷莎太太。

他们共同度过了一个难忘的夜晚。

有一天，《狗眼看人》报给了人类一个提醒：雨街将发生地震。

雨街的人们说："动物有愚人节吗？他们也和人类开玩笑？"

是啊，他们在雨街生活了很多很多年，早就摸到了雨街的脾气，这里一直都只是下小雨，最多也是中等雨量的雨，连大雨也不下的。

人们都说："听听汤先生的，听听他怎么说。"

汤先生是雨街有名的地理教师，并且他从不撒谎，他说的话人们是相信的。

汤先生开始查阅关于雨街的地震史。在雨街的图书馆里，汤先生像一只虫子一样埋进了书堆。他开始翻阅那些积了灰的书。

他看见一本很厚很厚的书，他把封面上的灰吹去，啊，这是一本很奇怪的书，书上一个字也没有。

这样厚的一本书，居然是空白的？汤先生很奇怪。

夜晚，汤先生把这本书对着灯光来看，啊，他看见了。这本书的封面有女巫的头像，上面还有雨巫婆、风巫婆、阳光巫婆和雾女巫的签名。

这本书藏在雨街的图书馆里，没有人想到要在灯光下才能看，而且，里面的文字是女巫的文字，没有人可以看得懂。但是，汤先生看懂了。这是一本记录附近一带女巫活动的书。

书的最后一页记录了一次地震，地震的中心在雨街付近的海上，雨街有 8 幢房子倒塌，有 10 棵树被连根拔起。

汤先生开始相信雨街会发生第二次地震。

他很严肃地告诉雨街的人："很多动物有着比我们更加灵敏的感觉，关于地震我们应该听听动物们的忠告。"

人们认真起来，开始在雨街空旷的地方搭帐篷，雨街一下子有了很多很多彩色的帐篷，就像是一场小雨后，地上冒出了很多很多的蘑菇。

汤先生家的帐篷就是汤先生野外观察时用的黄色帐篷。汤先生自己并不住，他天天在观察蚂蚁，这些蚂蚁用触须谈论着雨街地震的情况，汤先生想破解他们的交流密码，获得关于地震的第一手资料。

阿旺很喜欢住帐篷，他来邀请阿洛一起去他家的帐篷住。

但是，阿洛和雷莎太太还像以前一样住在自己的小楼上。

阿旺说："阿洛，你来和我住在一起吧，你家里的家具都少了一条腿，地震的时候，这些家具也许会压死你。"

阿洛回答说："雷莎太太也这样说，她希望我能离开老楼，和你们在一起，但是，雷莎太太自己要留在老楼上。"

阿旺一本正经地说："哎，人类对家的依恋真让人无法理解。"

是啊，一般来说，人类依恋家，而动物依恋人。

阿洛就是这样的动物，他说："既然雷莎太太不离开老楼，我也不离开老楼。"

当天夜晚，暴风雨真的来临了，雨街的所有树木都好像是发疯的狮子在狂舞，风巫婆骑着她的扫帚举着风车，出现在黑暗的天空中，这是风巫婆最得意的时候，她已经有很久没有这样畅快地制造大风了。

一会儿，雨街所有的房子开始晃动，雷莎太太的老楼变得倾斜。

屋子里，雷莎太太的所有家具都"噼里啪啦"倒在地上，雷莎太太坐在屋子的一个角落里，阿洛紧紧地靠在她的身边。

"阿洛，你怕吗?"雷莎太太问。

阿洛点了点头说："是的，我害怕。"

雷莎太太说："这样的地震在雨街已经不是第一次了，还有一次是在很多很多年以前，那一次，我也很害怕。"

阿洛问："我们的房子会倒塌吗?"

"也许会的。阿洛，你现在还可以逃走。"

"不，我不想离开您。"阿洛说。

黑夜里，阿洛和雷莎太太紧紧地靠着一起，他们觉得彼此离得很近，很近。好久好久，雷莎太太没有这样近地靠近过谁，阿洛也一样，自从离开了妈妈，他没有靠近过谁。

他们谁也不说话。对地震的恐惧和依偎在亲人身边的感觉交杂在一起。

中国当代童话名家作家丛书

98

天空中，风巫婆挥舞着她的风车，恣情狂笑："哈哈，真过瘾，我可以随意拔树，我可以摧毁一切。"

她一连拔了 3 棵树。

"风巫婆，别太过分了。"天空中又出现了一个巫婆。她骑着银白色的芦花扫帚。她是雾女巫。

风巫婆愣了一愣，说："你为什么总是和我过不去，你和雨女巫应该帮我才是，帮我一起下雨、起雾，可是，你们从来就不配合我。"

雾女巫说："我永远都不会帮你，你知道你给别人带来多大的痛苦吗？而且我不许你碰那幢老楼。"

风巫婆举着风车的手放了下来，最后，她气急败坏地说："你和雨女巫一样，永远和我作对。"

一切恢复平静的时候，已经是第二天的上午了。

雨街除了被拔掉三棵树以外，还有大量的房屋出现了裂缝，但是没有倒塌。因为这次地震的时候，没有刮大风。人们感到非常的幸运。

汤先生帮雷莎太太把家具恢复到原来的位置。经历了这一切，雷莎太太对自己的旧家具更加充满了感情。

汤先生对阿洛说："你真了不起，孩子。"但是阿洛只是笑了笑，他想：在这样的时候，一家人就是应该在一起的，不是吗？

《木偶的森林》节选

第四章　木偶罗里

13. 木匠日记

这是一本记载罗里经历的日记。

罗里悲惨的一生从他还是一棵树的时候说起。

阿汤和阿灿不能确定日记的主人究竟是谁，一般说来，日记中间写到自己的时候，总是称自己为"我"，而不会直接写自己的名字，因此，在日记的任何一页都没有找到木匠的名字。

木匠在日记的第一页上写着：

"我是一个活了很长时间的坏人。

70多年前，我出生在忙碌城，从小学会了写字和做木匠活，除此之外，我没有别的本领。

我一辈子没有做过什么好事，倒是做过两件坏事：

一件是因为我的邻居每天都踩坏我的草地，我故意给她钉了一张三条腿的椅子，害得她常常摔跤，终于有一天，她摔坏了一条腿，她和她的椅子一样少了一条腿，她再也不能踩坏任何人的草地了。

另一件事情是我砍伐了一棵会说话的树，他叫罗里，他悲惨的一生都是我造成的。

现在我就要把我做的这两件坏事写下来，并且存放在图书馆里，我这样做不仅是为了减轻我心里的不安，更是让看过日记的人不要犯同样的错误。"

日记是真实的，一位老木匠放下了手中的锯子，拿起了笔，写下了关于他的邻居和一棵会说话的树的真实故事。

但是，日记中提到的罗里是一棵树，而阿汤想查阅的是"大惊小怪"马戏团的罗里，他们究竟有没有关系？

阿汤的脑子里立刻就出现了这样的公式：

马戏团主人罗里＝一棵橡树罗里

或者：马戏团主人罗里≠一棵橡树罗里

简写的公式就是：罗里＝树，或者罗里≠树。

阿汤是一位工程师，他善于推断，推断的结果是：如果马戏团的主人不等于一棵树，那么名字相同只是一个巧合，他查阅到的这本日记对他没有丝毫的价值；如果马戏团的主人罗里就是一棵树，那么他是树木做成的人，结论只有一个，罗里是木——偶——人。

忙碌城的人一定没有想过，"大惊小怪"马戏团的主人会是一个木——偶——人。

继续读老木匠的日记，立刻就证实了阿汤先生的推断是正确的。

在很久很久以前，马戏团的罗里是一棵生活在森林里的橡树。

橡树在森林里快乐地生活着，他枝叶茂盛，根深深地扎进土壤。有一天，一只黑色的白头翁落在他浓密的树冠上，她把家安在橡树的树顶上。

这只黑色的白头翁是一只会魔法的鸟，谁也不知道她来自何方，她也没有别的朋友，她对橡树说："作为一棵树，你应该有自己的想法，比如，喜欢怎样的鸟在你的树杈里做窝？喜欢把枝桠伸到南方，还是东方？你一定不会喜欢西方和北方，这一点不用我教你。或者你不喜欢有小的灌木生长在你周围，你的根须就必须把灌木挤走。当然，你还要有自己的名字，知道吗？"

橡树从来没想过那么多，不过他觉得白头翁说的话都有些道理，他开始思考。当一个人学会思考的时候，他就开始变成一个聪明的人了；而当一棵树学会思考的时候，他就不再是一棵普通的树了。

他给自己取名罗里，他欢迎鸟儿生活在他的树冠上，他也希望灌木生长在他的周围。他和白头翁鸟成了很好的朋友，白头翁鸟教会了罗里说话，最后，她还在老死之前把自己一知半解的魔法全部教给了罗里。

罗里觉得自己是整个森林里最最快乐的树，他有很多的梦想：他希望自己开花、结果，这些果实落到泥土里，长出很多很多会说话的橡树；他希望在森林里，大

中国当代童话新锐作家丛书

102

家都可以看见树和鸟快乐地说话，树和兔子快乐地说话，树和靠在树干上休息的人快乐地说话……

有一天，森林里来了一群工人，他们是忙碌城的砍伐队员，他们中间有一位就是木匠。

木匠靠近橡树的时候，抚摩着挺拔的树干说："真不错，足够做成一张桌子了。"

橡树罗里突然说话了，他请求着："我是一棵有名字的树，我叫罗里，别砍我，我不想变成桌子。"

木匠没有想到自己能遇到一棵会说话的树，他更加喜欢这棵树了，他说："没想到我的运气这样好，我保证不把你做成桌子，因为你会说话，做成桌子太可惜了。"

橡树罗里说："我不希望自己成为任何别的东西，我只想做树。"

木匠说："我做木匠很多年了，一直是一个没有出息的木匠，但是，如果我拥有了你，我一定会成为出色的木匠，不，我会成为了不起的艺术家。"

橡树罗里的哀求根本改变不了木匠想要得到这棵橡树的决心，他用锯子使树和树墩分开。

接着，他把橡树拖进森林的小溪流里，人们都是利用河流来运送树木的，向山下流着的水会把树送到人们居住的村庄。

木匠做完这些事情的时候，山上就下起了雪，大雪把刚刚锯掉了树身的树墩覆盖，遮盖了树墩上的伤口。

橡树罗里没有被及时送到山下，他在小溪流中被冰冻住了。

这是一个非常寒冷的冬天，罗里离开了温暖的泥土，躺在冰冷的溪水里，他的心里空荡荡的，冰冷的水进入了他的心里。冰凉，四周一片冰凉，心里也是一片冰凉，这种冰凉的感觉在冰冻的日子里慢慢转变成另外两种东西，那就是悲伤和仇恨。

漫长的冬天，橡树罗里的心里充满了悲伤和仇恨。

春天来临的时候，小溪流解冻了，然而，橡树罗里心中的坚冰无法融化。

木匠到小溪流旁边，把橡树罗里运回家，经过一个冬天，他已经想好要把橡树罗里做成一个木偶人，一个会说话的木偶人。

木匠的手艺不错，没多久，木偶人罗里就诞生了。

罗里和真正的人没有什么区别，他会说话，会动脑筋，他还拥有一点点魔法。如果没有木匠的日记，谁也不会知道罗里会是一个木偶人。

当罗里还是一棵橡树的时候，他自己也不知道自己将变成木偶人罗里。

阿汤和忙碌城所有的人都没有想到罗里是一个木偶人。

那个鼻子高高的，眼睛小小的老头是木偶人？

那个捧着储蓄罐来敲玻璃门的老头是木偶人？

那个像啄木鸟一样蹲在地上看演出的老头是木偶人？

那个控制着整个木偶剧院 10 多位动物演员的剧院主

人是木偶人？

……

阿汤问了自己很多这样的问题。

是的，他是一个来自森林的木偶人，是一个充满了悲伤和仇恨的木偶人。

14

罗里不是普通的木偶人，他有着木匠的智慧和一知半解的魔法。

最糟糕的是他有一颗冰冷的心。

木偶人罗里的诞生让木匠非常快活，他觉得自己做了一辈子的木匠，这回有些像艺术家了，他为木偶做了一个木烟斗，还为他做了衣服。

木匠把自己的知识传授给木偶人，他希望自己制作的木偶人拥有人类的聪明才智。

他对罗里说："好了，孩子，现在，你成为真正的人了。"

罗里说："我不想成为人，我只是一棵树，在这个世界上，只有森林才是我真正的家。"

木匠能改变罗里的外形，却不能改变他心里所想的。

但是，森林在哪里呢？罗里不知道自己的森林在哪里，他没有指南针，没有地图，没有足够的钱可以回到自己的森林。城市离森林太遥远太遥远了。

罗里的心里充满了悲伤，但是他并不流泪，他的心早就被冰冻住了。

木匠看着整天愁眉苦脸的木偶人，终于明白自己做了错事。他想帮助木偶人回到森林，但是，木匠也是一个贫穷的人，并且他明白得太晚了，在不久以后，木匠病倒了。

木匠生病以后，写了这本日记。

日记的最后一页说，有一天，木匠发现罗里也病了，木匠仔细地为罗里做了检查，发现罗里的体温不正常，心脏也不好，另外罗里的腿上有一个关节松了，木匠用足了所有的力气，在罗里的腿上钉进去一个不锈钢的钉子。

罗里说："谢谢，医生。"

这是罗里对老木匠说的最后一句话，老木匠认为这表明罗里原谅了他，而且，罗里称呼他为医生，这是老木匠一辈子得到的最大的荣誉。

老木匠安静地离开了这个世界，留下的木偶人罗里突然感觉到孤独。

他漫无目的地在城市的街上走着，走累了，就在街边的椅子上坐下来，那时候，忙碌城正在改选市长，街头的墙上以及报纸上满是介绍候选人的照片和文字。

一只卷毛的狗正在卖报，他走到罗里跟前，说："先生，请您买一份报纸吧，明天就要进行市长大选了。"

罗里要了一份报纸。

卷毛说："我希望中间那个长脸的家伙当市长，因为他关心动物的生存状况。"

罗里冷冷地对卷毛说："你希望别人关心你吗？别做梦了。要靠自己，知道吗？"

那个夜晚，罗里一直在街头的长椅上坐着，直到第二天，卷毛重新经过这个地方的时候，罗里突然就叫住了他："别卖报了，赚不了几个钱，我想我可以让你有机会获得一个工作，正式的工作。"

卷毛很惊奇，他不知道自己除了卖报还能做什么别的事情。

罗里扔给卷毛一个刷子和一桶油漆，然后说："去吧，竞选市长的事情已经过去了，在那些报纸和墙壁上，统统刷上'大惊小怪'马戏团招聘成员的消息。"罗里说完给了卷毛一个热狗面包。

卷毛非常高兴，但是他说："我自己不当你的成员好吗？"因为卷毛一直都流浪惯了，他不想成为谁的狗。

罗里答应了卷毛。

后来卷毛在火车站刷墙的时候，摔伤了狗腿，遇到了女列车管理员，忙碌城里只有一位女列车管理员，她好心地说："让我来照顾你吧，我的孩子。"

卷毛说："好的，但是，我不住在你家里，好吗？"也就是说，卷毛依然可以过自由的流浪生活。

卷毛有时候是女列车员的狗，有时候是罗里的狗，有时候他不是任何人的狗，他是自由的狗。这样的生活让他非常满意。

忙碌城原来的市长，那个愚蠢的家伙，他过度地砍伐森林，把很多动物都逼得无处藏身，一些动物不得不离开长期赖以生存的森林，到处流浪。市长因此被罢免了。

卷毛就在这个时候，在城市的各个角落为罗里招来了狮子毛毛、大象班班以及猴子丢三和落四。这是忙碌城第一个马戏团。

他们的演出获得了成功，一年以后，"大惊小怪"马戏团就出名了，罗里开始有了很多的钱财。

15

罗里有了疯狂的想法。

他开始用古老的歌剧魔法控制动物，他企图让动物占据城市，最后把人类赶出去。

阿汤先生知道卷毛到过图书馆之后，就觉得卷毛应该知道一些秘密。他决定先去找卷毛。

卷毛正在火车站附近，他把报纸折成帽子戴在头上，站在梯子上刷海报，海报上的小丑白黑黑已经把鼻子染成了红色，他的小丑形象得到了忙碌城人们的喜爱。

阿汤先生看见这张海报就想起白先生和白太太，哦，冬天马上就会到来，白先生会从遥远的地方回到森林，他看不到白黑黑会多么担心啊。

阿汤先生曾经对白先生说过：火车可以在很短的时间里把人带到很远的地方，然后再用很短的时间把人从遥远的地方带回家。他必须让白黑黑在冬眠之前回到森林。

阿汤把手卷成喇叭状，对着高处喊："卷毛，你听我说，我必须让白黑黑回到森林去冬眠，你听见了吗？"

卷毛停止了刷墙，但是，他没有下来，他仍然站在高的地方，头也没有回地说："我知道，这件事情我也有责任，但是，我能做什么呢？"

阿汤说："你能的，我们一起合作就可以，你知道很多事情，我需要你配合。"

卷毛把桶放下来，刷子上的油漆顺着墙往下淌。卷毛说："好吧，你是工程师，应该比我更加有办法。"

阿汤走过去扶住梯子，说："下来吧，卷毛，我们好好谈谈，其实，这件事你也挺关心，对吗？我知道你去过图书馆，阿灿姑娘告诉我的。"

卷毛怔了一下，他把手上剩余的油漆在肚子部位的毛毛上擦擦干净，然后握住阿汤的手说："我知道你比市长还关心动物，我相信你。"

卷毛就开始断断续续地说了他所知道的事情。

五年前，卷毛遇到了罗里，罗里正在组建马戏团，卷毛觉得他是有智慧、有本事、有爱心的人，卷毛替他刷海报，日子过得忙忙碌碌，他们招聘到很多的动物演员，因为那时候，很多森林遭到砍伐，大家都很恐慌，有一些动物到城市里来寻找出路。

不久，人类开始禁止砍伐森林，有一些动物就想着要回森林看看。

尤其是在狮子毛毛和狮子太太有了小狮子以后，狮子夫妇希望能带小狮子回森林居住。大象夫妇也是这样，他们非常想念热带树林。

罗里害怕他们走，真的，他像一个失去了翅膀的蝗虫一样满屋子乱转，最后，他气急败坏地抓着光头说："我辛辛苦苦建造的马戏团不能就这样散了。我要让他们忘记过去，在这个城市里开始新的生活。"

罗里能做到这一点，他曾经认识一只奇怪的白头翁鸟，白头翁鸟教了一些魔法给罗里，罗里还从白头翁那里得到一张歌谱，只要把歌谱上记载的歌剧唱出来，魔法就产生了。

歌谱的上半张是高音部分，唱起来很难，但是可以用来控制记忆；下半张是低音部分，唱起来比较容易，可以用来恢复记忆。

从那时候开始，罗里对想离开他的动物演唱上半段的高音歌剧。他对白黑黑唱的也正是上半段的歌剧。

这些动物听过高音歌剧之后就忘记了过去。

和罗里对抗就意味着将失去记忆、失去自由。

卷毛再也不说自己想离开罗里了，他不想忘记自己流浪的过去，尽管那些回忆里也有辛酸。他乖顺地帮罗里做事情，比如：刷海报，在火车上把动物们骗进马戏团。

时间长了以后，罗里觉得卷毛可以相信了。

有一天，他找卷毛说了他的"伟大"计划："我要让越来越多的动物住到城里来，等动物多得足够和人较量的时候，我们一起把人从城市赶出去。"

卷毛惊讶地张大了嘴巴，他以为罗里想控制动物是因为他太孤独，他需要有动物陪伴着他，没想到他想控制的是整个城市。整个城市会被高音的魔法歌剧控制着，所有的动物都会失去记忆。这真是一个疯狂的计划。

卷毛想起自己曾经是这个城市的流浪者，接着是这个城市的卖报者，而现在……他不想成为罗里控制整个城市的帮手。

卷毛知道，罗里还有另外半张低音歌谱，如果能拥有低音歌谱，罗里疯狂的计划就不能实现。到时候，卷毛或者别的人可以用低音歌谱来阻止罗里。

卷毛趁罗里像啄木鸟一样蹲在地上看演出的时候，翻遍了罗里的整个屋子，但是根本就找不到下半张低音歌谱，因此卷毛想去蒲公英图书馆寻找另外半张低音歌谱。

听卷毛说完，阿汤沉默了，人类砍伐森林给动物和植物带来了多大的伤害啊，如今，该是人类接受惩罚的时候了吗？

阿汤问卷毛："你知道罗里这样做非常可怕，你为什么不向警察或者市长报告这件事情？"

卷毛说："我不相信他们，他们也不会相信我，他们会把我看成是一条疯狗。而且，在忙碌城，除了您阿汤先生关心动物，就算罗里关心动物了，不管怎么说，他在动物们无处可去的时候收留了他们，并且给了他们工作。"

在这个城市里，动物对人类已经失去了信任，有一个用植物做成的木偶人对人类充满了仇恨，这不是一个和谐美好的城市。

他对卷毛说："罗里不是人类中的一员，他曾经是一棵树，现在是木偶人。"

卷毛非常惊讶，他一直都觉得罗里非常神秘，却没有想到他会是一个木偶人。一个木偶人拥有了人类的智慧，还拥有了魔法，可是，他没有拥有一颗爱别人的心，而是拥有了一颗复仇的心，这是多么糟糕的事情啊。

16

阿汤决心去解救动物们，同时也解救罗里。

图书馆的阿灿姑娘送来了木偶人曾经生活过的森林地图。

阿汤漫无目的地走在城市的街道上。

秋风把地上的一片落叶卷起来，在阿汤先生面前打了几个转又不知道吹到哪里去了。

阿汤先生的大衣口袋里放着《熊为什么要冬眠》，他试图拿这本书再次去说服罗里，让他放白黑黑回家。

他从那个旋转的玻璃门进去，转了几个弯以后，找到了罗里的木屋。

他把书拿出来，说明了自己的来意。

罗里找来白黑黑，今天，白黑黑的鼻子是蓝色的，他的眼皮被涂成了红色。罗里对阿汤说："你想带走他吗？不，你不能强迫他，你得问问他自己想不想回家。"

阿汤摇动着白黑黑的肩膀，仿佛要把他摇醒："白黑黑，阿汤大叔送你回家好吗？"

白黑黑开心地笑着，他快乐得像一个白痴，他说："舞台就是我的家。"

罗里得意地眨着他的小眼睛，说："看到了吗？优秀的演员都把舞台当成自己的家。"

阿汤转身对着罗里说："他已经忘记了过去，忘记了自己的森林，可是，你也忘记自己的过去了吗？木偶人能忘记自己的森林吗？"

罗里瞪起小眼睛，他不耐烦地挥着手说："不要跟我提过去，我不想回忆过去。"

阿汤说："我知道你不想回忆伤心的往事，可是，作为木偶人，你难道就不想回森林去看看吗？"

罗里的脸几乎变形了，他用尖厉的声音叫着："别和我提森林，别和木偶人提森林。"

吼叫完以后，罗里突然安静下来，用冷静的可怕声音，像啄木鸟啄树木一样一字一顿地说："你看了木匠的日记？只有他知道我是木偶人。"

阿汤说："他并不知道你会变成现在这个样子。"

罗里大笑起来，声音在木屋里回荡，笑完之后，他说："是他把我变成这样的，他根本就不听我的哀求，那个寒冷的冬天，我躺在冰冷的河面，我的心早就结冰了。"

阿汤知道自己无法说服一颗结冰的心。

他失望地走出了马戏团的旋转大门。大门在阿汤走了以后仍然不停地旋转着，仍然会有动物走进这扇门。

风吹起了阿汤的衣角。阿汤在想，瞌睡虫是不是跟着风一起来了呢？慢一些来吧，好让他有足够的时间帮助白黑黑回家。

他一边想着一边走进了蒲公英图书馆，他也不知道自己怎么会走到了这里，他的心里乱极了。

阿灿为他端来一杯咖啡，然后坐到他的旁边，阿汤愿意阿灿就这样坐在他身边，有阿灿在身边，他感到心情平静一些了。

阿灿问他："能不能给你看一些东西？"

阿汤先生说："当然，在这里应该听你的。"

阿灿露出一个无比灿烂的笑容，她从身后拿出一个花纸盒，里面装着一些衣服，还有帽子。这些衣服有的是用毛线织成的，有的是用棉布做成的，不管是衣服还是帽子，全部都是绿颜色的。

阿汤先生奇怪地看着满盒子的绿色衣服和帽子。

"我们把这些送给木偶人罗里好吗?"阿灿说。

阿汤先生拿着衣服一件一件地看,这些衣服都非常漂亮,穿在木偶人罗里身上应该非常合适,只是……

阿灿说:"那天看了木匠的日记,我觉得木偶人太可怜了,他原本是一棵多么快乐的树啊。"

哦,阿汤和卷毛一直都想着木偶人的神秘和可怕,而阿灿,这位温柔善良的姑娘,她想到的,是木偶人的另外一面。

阿汤先生的眼睛里放出光芒,他搓着手,说:"我怎么就没想到呢?阿灿,我们最最应该帮助的,其实是木偶人罗里。当他冰冻的心融化了,一切都会发生变化。"

阿灿说:"我还找到了木偶人生活的森林地图,我们应该去木偶人的家乡看看,找出帮助他的办法。"

阿汤先生被阿灿姑娘征服了,是因为阿灿的聪明,更是因为阿灿的善良。

他梦想依靠修建道路来拉近自然和人类之间的距离,而阿灿,没有任何言语,就能走到别人的心里去。

17

阿灿用爱融化了罗里心中的冰,罗里回想着他是树的快乐时光。

他说,另外半张歌谱就藏在树墩下面的洞穴里。

阿汤先生陪同阿灿再次来到马戏团的门口,他们从旋转的门走进去。

罗里正坐在空旷的舞台上，他痛苦地把头埋在两条腿之间。自从和阿汤谈话之后，罗里突然很想念很想念森林，其实，这些年来，回到森林的念头一直在痛苦地折磨着罗里，罗里一直努力让自己不去想。

观众席上，没有一个观众。

舞台上的一束灯光照射在罗里的后背上。他的衣衫早已经褪了色。木匠给予他的是和木头一样颜色和花纹的衣服，现在看上去，只是一件土黄色的衣服。

阿汤在门口停下，让阿灿独自走进去。

阿灿很轻地走进去，像一朵蒲公英的种子飞落在罗里的面前。罗里抬头看见阿灿满脸的微笑，手里捧着那些绿色的衣服。

阿灿柔柔地说："给你的。"

罗里指着自己的鼻子问："给我？"

阿灿仍然捧着衣服，仍然柔柔地说："对，给你。"

罗里迟疑着接过衣服，他嘀咕着说："很久了，很久没有穿绿衣服了。"

阿灿笑了，她的笑容无比灿烂，就像盛开的蒲公英花，她说："那就快穿上吧。"

罗里的脸上突然也露出了笑容，这是罗里成为木偶人以来第一次微笑。他穿上了绿色的衣服，就像一棵绿色的树。

罗里问阿灿："你看，我是一棵树吗？我是树吗？"

阿灿说："你很像一棵树，真的，不过，我们也喜欢木偶人罗里。"

不知道什么时候，阿汤出现在罗里身后，他说："罗里，和人类和好吧，灾难已经成为过去。"

罗里呆呆地看着阿汤和阿灿，流下了眼泪，哦，有谁会看见木偶人流眼泪呢？那就让他哭吧，痛痛快快地哭吧，让他把作为一棵树或者一个木偶人的所有委屈都跟随着眼泪一起流出来。

阿灿把罗里引到一张桌子旁边，她说："罗里，我知道你离开家乡已经很长时间了，你看，这是我们帮你找的家乡的地图，知道吗？你的森林就是白黑黑的森林。"

罗里的眼泪更多了，他绿色的衣服开始湿透，不断有水蒸气从衣服里冒出来。

罗里觉得身体渐渐热起来，他说："我一定是病了，可是没有木匠可以为我治病，这不是一颗钉子可以解决的问题。"

阿灿去摸罗里的额头。

阿汤先生拿下了阿灿的手，说："他没有生病，这是融化，他身体里的冰正在融化。"

罗里被水蒸气笼罩着，舞台上的灯光照着水蒸气，使得罗里看上去像是快要被蒸发了一样。

在水蒸气包围下，罗里想起了水蒸气笼罩着的森林，露水在阳光的照射下闪闪发光，那时候他是一棵树，他快乐地舒展着每一片树叶，他的树墩快乐地向地下伸展着根和须。

对了，在森林里有他的树墩，他在树墩下藏了破解魔法的另外半张低音歌谱。

罗里不再发出像啄木鸟啄树一样的声音，他听见自己另外一种声音："我要回森林。"

阿汤拿出两张火车票："可以，我陪你去。"

罗里点点头，说："我们还要带上白黑黑。"

阿汤又拿出一张火车票："我早做了准备，这是白黑黑的车票。"

《恐龙的宝藏》节选

1. 树叶地图

虚形龙阿迪遇到了不同寻常的绿蜘蛛，他正在画一张树叶地图。

这只绿蜘蛛预言，恐龙家族会因为庞大而毁灭。

阿迪是虚形龙中很有学问的恐龙，他研究树叶已经有很多年了。

有一天，阿迪半眯着眼睛躺在一棵树下，阳光照射在他的身上，一片绿色的树叶飘下来，在空中转悠着，落在了阿迪面前的泥地上。

这是一片像扇子一样的树叶。阿迪想：啊，这张树叶落在我的面前，应该是属于我的。

阿迪把这片树叶捡起来，放进他的扁扁的木箱。阿迪的木箱里，放着各种各样的树叶。

"笃笃笃……"阿迪刚刚盖住的木箱里发出了声音。

奇怪，木箱里只有树叶啊。阿迪想着。

"快把朝天的门打开。"木箱里传来了一个细小的声音。

真好笑，箱子的盖子成了朝天的门。

阿迪打开盖子。在层层叠叠的树叶上面，居然站着一只小小的绿蜘蛛，他的手里举着一片绿色的树叶。

"你在那里做什么？"阿迪问。

"我在画我的藏宝图，一阵风把我吹落到地上。你知道吗？在地上我还可以继续画我的藏宝图，但是，到了你的箱子里就不同了，这里太暗了，我一点也不喜欢。"

绿蜘蛛的话让阿迪觉得很奇怪。

"你的藏宝图？在哪里？"阿迪问。

"树叶上，你没有看这片树叶吗？除了树叶本身的图案，还有我用银色的丝画的藏宝图。"绿蜘蛛说。

阿迪看了看树叶，树叶上的叶脉和别的树叶都不一样，而且树叶上真的画着一张地图，是用蜘蛛银色的丝画的。蜘蛛都是织网的能手，画地图的蜘蛛，阿迪却是头一回看见。

阿迪仔细地打量这只绿色的蜘蛛：他的肚子很大，额头有一些皱纹，腿很短。如果他从树上倒挂下来，出现在你的面前，你也许会喜欢他，但是，绿蜘蛛举着小木棍，显得有些凶巴巴的，这让阿迪感觉有些不舒服。

阿迪用不耐烦的声音说："知道吗？小蜘蛛，我们恐龙是地球上最大的动物，我们是不会害怕蜘蛛的，就算你是拿着武器的，我们也不怕。"

绿色蜘蛛说："恐龙的确是地球上最大的动物，但

是，恐龙会因为庞大而毁灭。"

阿迪觉得这绿色的蜘蛛说的话有些奇怪。

"记住，这是一张藏宝图，是属于恐龙的，你应该去寻宝。"绿色蜘蛛说完就爬上一棵树，消失在绿色的树叶之间。

一阵风吹来，扇子树叶"叮叮当当"地响着，这是阿迪听见的最奇怪的树叶声音。等声音停下来的时候，绿色的树叶已经变成了一片金黄。

这原本是一棵很平常的树，现在却变得这样神奇，这一切都是因为那只带着武器的绿蜘蛛。

"我是在做梦吗?"阿迪揉揉眼睛。

但是，他马上就看见了手里的树叶藏宝图，地图上清清楚楚标明了湖泊、山川和树林。

这是一片不寻常的树叶。阿迪想，它来自一只不寻常的蜘蛛。

阿迪小心地把这张树叶地图装进他的木箱里。

2. 当饥饿袭来

树木越来越少，恐龙的森林消失了。

当饥饿袭来，庞大的恐龙甚至在和小小的虫子争夺树叶。

树叶会有的，青草会有的，虫子也会有的。

——摘自恐龙阿迪的日记

两年以后……

阿迪成了研究树叶的专家。他的研究成果是：世界上没有两片树叶是绝对一样的。

所以当阿迪家门前的银杏树只剩下最后一片树叶的时候，阿迪非常悲伤。他常常说："如果树叶被食草恐龙吃光了，我还研究什么？"

这些年来，树木越来越少，恐龙的森林消失了，一棵一棵没有树叶的树伸着光秃秃的枝干直直地指向天空。

食草恐龙们的食量越来越大，树叶却越来越少，虚形龙爱吃的虫子也越来越少。大部分的恐龙变得越来越暴躁，他们抱怨世界上的恐龙太多，树木太少。

阿迪小木箱里放着的树叶，已经变得比金币更加珍贵，因为在很饿的时候，金币是不能吃的，而树叶是可以吃的。但是，阿迪是不会愿意吃掉木箱里的树叶的。

阿迪的哥哥说："阿迪这家伙准是疯了，他从来不想想，是他的肚子重要还是他的研究重要。"

阿迪的哥哥叫阿木，是虚形龙中的大个子。

如果有别的恐龙取笑虚形龙长得矮小，阿迪的哥哥就会站出来，让大家看看他挺拔的身躯，同时，他还要介绍经验："那是因为我吃得多。"

可是，现在他找不到很多的食物，不可能吃很多，所以也就不能再说这句话了。

他转身对身边的妹妹说："喂，阿莉，你闻闻，哪里有青草的味道，如果草里找不到虫子，吃一些青草也是可以的。"

"没有。"阿莉说。

阿莉是一头瘦小的虚形龙，她穿着淡绿色的蕾丝边衣裙，头上系一个淡紫色的蝴蝶结。

阿莉的鼻子特别特别灵，能闻到树叶和青草的味道。她原本是无忧无虑的小恐龙，但是现在她总是担忧地说："我觉得树叶越来越少了，我已经快闻不到熟悉的树叶香味了。"

最后，恐龙妹妹还是为大家找到了一棵树。

"阿迪，这算不算是一棵树啊？"老大阿木问。

"只要有一片树叶，那就是一棵树。"阿迪说。

哎，这棵树上只长了三片小小的、小小的叶子，那三片叶子嫩嫩的。

就算每片树叶上都有一条虫，那也不够我吃的。三头虚形龙都这样想。

树叶上真的有三条虫子，三条虫子慢慢地爬着，想吃这三片树叶。虫子扁扁的，看起来也是很饿的样子。

这时候，一头梁龙路过这里。这头梁龙有着庞大的身体，长长的脖子，不过他走路的动作显得有些不灵活，显然是饿得没了力气。他看见这三片树叶，马上就伸出长长的舌头，一下卷进了嘴里，连同树叶上的三条虫。

梁龙吃了三片树叶和三条虫，还是非常非常的饿。

他晃动长长的脖子，脾气很坏地叫了一声，然后继续赶路。

现在，那棵树完全光秃秃地站在风里。

阿木、阿迪和阿莉呆呆地看着梁龙离开，梁龙走了几步，突然回头看了一眼。阿莉看出梁龙的眼神里有些抱歉的意思，不知道他是对虚形龙抱歉，还是对那棵树感到抱歉。

过了很长时间，阿迪回过头，看着树说："不知道，现在它还算不算是树了，它连一片叶子都没有了啊。"

3. 树叶充饥

一个饥饿的夜晚，虚形龙开始用树叶充饥，他们意外地发现，阿迪木箱里的树叶是可以填饱肚子的树叶。

一直到夜晚，虚形龙兄妹还是饿着肚子。

老大阿木拿出他的宝贝：两块火石。他用火石相互敲击一下，就有了火花，然后，捡来干树枝，生了一堆火。

黑暗的夜里，火光照着三头虚形龙的身体，把他们的身影投在地上，他们像三头狼一样抬起头，望着遥远的天空，天边一个弯弯的月亮，月亮旁边有三颗微弱的星星，孤独地挂在天空中。

"星星上有没有恐龙？"阿莉问。

"是啊，星星上有没有树？树叶会不会是星星的形状？"阿迪问。

阿木舔舔嘴巴说："星星上有没有我们虚形龙爱吃的虫子啊？虫子会不会是发光的？"

阿木的话问到了大家的心里，大家都觉得更加饿了。

"阿迪，你的木箱里有那么多那么多的树叶，拿一些出来吃吃吧。"阿木两眼直盯着阿迪的木箱，没有虫子，吃一些树叶充充饥也是好的。

阿迪很不舍得，但是，他知道阿木已经饿极了，还有他们的妹妹阿莉，她的肚子"咕咕"直叫，像在唱歌。

阿迪决定打开木箱，木箱里有满满一箱子的树叶，有的是黄色的，有的是红色的，有的是深褐色的，那片画着地图的树叶放在最上面。

阿迪想起了那只神秘的绿蜘蛛，想起了绿蜘蛛说过的话："恐龙会因为庞大而毁灭。"现在看来，绿蜘蛛早就知道恐龙会有饥饿的一天。这么多的恐龙，这样大的身体，需要多少多少的树叶来养活啊？

阿迪给阿木一片黄树叶，给阿莉一片红树叶，自己拿了一片深褐色树叶。大家马上就吃起了树叶。

"我感觉有些饱了，真奇怪，我才吃了几片树叶。"阿木说。是啊，阿木的肚子可不是几片树叶就能填饱的。

"我也饱了。"阿莉说。

阿迪也饱了。

"这真是太好了。"阿迪感到自己箱子里的树叶不是平常的叶子。

他拿起那片画着藏宝图的树叶，对阿木说："这片树叶是千万不能吃掉的，就算饿死了也不能吃的哦。"

阿莉也来看这片树叶，这的确是不一样的树叶，它的叶脉和蜘蛛画的地图交织在一起，像一张密密的网。

阿迪说："那只绿蜘蛛很特别，他很认真地画这张藏宝图，他对我说，这张地图很重要。我们应该去寻找属于恐龙的宝藏。"

"我对宝藏不感兴趣，我只想吃，再说，我怕，一路上会不会遇到凶恶的食肉恐龙？我不想冒险。"阿木个子比阿迪和阿莉大，却是一个胆小鬼。

阿莉却说："我不怕，我去。"阿莉看上去比别的虚形龙瘦弱，却很勇敢。

阿木用央求的目光看着阿迪和阿莉。

阿迪和阿莉一起说："想让我们改变主意，那……是不可能的。"

阿木撇着嘴巴想了一会儿，用很轻的声音说："想让我一个人留下来做胆小鬼，那也是不可能的。"

那个夜晚，在红红的篝火旁边，虚形龙兄妹终于决定离开恐龙生活的树林。按照树叶地图指引的方向，他们向山川走去。

4. 消失的冰房子

虚形龙兄妹决定去寻找恐龙的宝藏，路上遇到了田鼠阿仓。

在经过雪山的时候，他们和冰房子一起被埋在了雪地里。

山川白茫茫的一片。

三头恐龙的身体在茫茫白雪中显得很小很小，像三匹疲惫的狼，阿迪和阿莉并排走在前面，阿木跟在最后面，他们的身后，拖着六行深深浅浅的脚印。

走了好几天，他们都是依靠阿迪木箱里的树叶充饥的，阿迪很心疼，但是他们路过的地方，没有找到食物。

雪地里，看不见恐龙，偶然会遇到几只田鼠。

有一次，他们看见一只黑色的田鼠，田鼠抖着身上的雪，小小的爪子里握着一根树枝，在雪地上挖掘着。

阿莉和他打招呼："你好，田鼠，我和我的两位哥哥想知道你在做什么？"阿木和阿迪都不太愿意和陌生人说话，总是阿莉代表哥哥们和别人打招呼的。

"啊哈，不认识田鼠阿仓吗？"田鼠一点也不把虚形龙放在眼里。他精力充沛，神气十足。

"我可认识你们，你们是虚形龙，恐龙中的小个子。"田鼠阿仓不但知道他们是虚形龙，而且知道他们是吃虫的恐龙，所以不会伤害他的。

阿莉说："你知道吗？你的话会让我的哥哥们生气，因为你个子比我们小得多，但你却说我们是小个子。"

不过，阿木和阿迪已经不想计较田鼠的这句话了，他们很饿，不觉得自己多么有力量，即使在田鼠面前。

阿莉看哥哥们不说话，继续问田鼠："那好吧，别的话都不说了，你能告诉我们，你这是在做什么吗？"他们对田鼠的挖掘很感兴趣。

阿仓更加取笑虚形龙的无知了，他小小的眼珠转啊转啊，一副很机灵很聪明的样子。他笑着说："哈哈，你们这些恐龙根本就不动脑筋，只知道在地面上寻找食物，而我们田鼠，总能很幸运地找到我们的食物，地下是一个大宝库啊。"

是啊，虚形龙从没想到刨开地去寻找食物。

阿木立刻就问："你能告诉我们，哪里有食物吗？"

"那谁知道呢？但是你把雪挖开，你有可能得到食物，要不，就等死吧。"田鼠一个劲地挖掘着。

原来，田鼠阿仓根本就不知道哪里有食物，他就是这样挖着，挖着……就好像虚形龙根本就不知道宝藏是什么，却下定了决心要去寻找一样。

这倒真的是一个好主意，雪地下或许可以找到一些食物。

告别田鼠，他们发现了一些冰块。阿迪说："这些冰块是可以用来盖一间冰房子的。"

他们开始忙碌起来，把冰块一块一块垒起来，一层比一层小，最后用一块大大的冰块盖住了顶，傍晚的时候，他们住进了尖顶的冰房子。

冰房子很高，像一座塔站立在光秃秃的雪地里，阿木用火石生起一堆火，火光在冰房子里跳动着，照着虚形龙的身体。从冰房子外面看，可以发现，冰房子里三头虚形龙正在忙着挖开雪地。

阿莉说，她的鼻子在这个地方嗅到了青草的味道，所以才在这里搭冰房子的。结果，他们挖到了一些草的根，和一些不知道什么名字的虫卵。

"那只田鼠说得一点也没错，想不到在雪地里也能找到食物。"三头恐龙都真心感谢田鼠阿仓。

虚形龙兄妹已经好久没有围着火炉吃东西了。他们在冰房子里睡熟了。

冰房子的外面，已经刮起了很大很大的风。

这时候，雪山上滚落下来一个巨大的雪球，接着，许多许多的雪从山上塌下来。

一切都发生得那样快。

风雪停下来的时候，雪地上一片安静，一个脚印也没有了，那冰房子也消失了。

5. 雪山融化

随着全球气候的变暖，古拉国的千年雪山开始融化。

终于有一天，雪山下的雪球里出现了三头恐龙，他们像三头疲惫的狼。

在古拉国，电视台正在播放着新闻。

主持鹦鹉小姐用很有魅力的声音说："随着全球气候的变暖，古拉国的千年雪山开始融化。雪山的融化会给古拉国带来什么样的影响？让我们来采访井深博士。"

电视屏幕上出现了一位光头博士，圆圆的脸上架着一副大大的眼镜。据说，他的学问像井一样深。而他自己总是很谦虚地说："我没有什么学问，比起浩瀚的知识海洋，我只是井底之蛙。"

井深很负责地说："雪山的融化是一个缓慢的过程，雪水流入河流、农田，将改善古拉国长期缺水的状态。"

井深的回答让大家很满意。

古拉国的人们在电视节目的晚安声中进入了梦乡。

古拉国的雪山位于古拉国的东面，每天早晨，太阳从雪山那里升起，又从雪山那里落下，让人感觉太阳就住在冰窟窿里。

近年来，雪山在悄悄地融化……

一个傍晚，太阳好像迟迟不愿意落下去，光线也有些异样，看上去比平时更加红，在白雪的映衬下，像一个滚动着的大火球。

过了一会儿，太阳的光芒集中到一个方向，其他的地方变得暗淡。顺着光线看过去，只见山脚下有一个巨大的雪球，雪球在太阳光的照射下变得透明，里面有一团黑黑的影子，在挣扎着，运动着。

终于，雪球像被孵化的鸡蛋，裂开了一条缝，发出了"嘎嘎"的声音，像是骨骼运动时发出的声音。

黑黑的影子继续挣扎着，运动着……

一直到天快亮的时候，巨大的雪球完全裂开，从雪球里出现了三头恐龙，他们像狼一样仰着头，遥望着天空，早晨的太阳光刺得他们睁不开眼睛，他们发出"呜——哇——"的长长的声音，这声音一直划过雪山上空。

但是，他们的叫声并没有引起古拉国的不安，古拉国的人这个时候还在家里睡觉。

只有井深博士，他好像听见了来自遥远的呼喊。

三头恐龙用熟悉的目光寻找着……

遍地都是雪，一切都是陌生的。

"我饿。"一头瘦弱的恐龙说，她的衣裙依然是淡绿色的，头上系着的蝴蝶结依然是淡紫色的。

"我也饿。"另一头背着箱子的恐龙说。

"我也饿。"站在最后的那头高大恐龙敲击着火石，飞出一个个火星。

"我们的冰房子呢？"他们三个一起说。他们的脑海里回忆起那个尖顶的冰房子，回忆起冰房子里那红红的火苗。

毫无疑问，他们就是阿木、阿迪和阿莉。

"我感觉我睡了好久好久。"阿莉说。

阿木说："我好像记得阿莉找到的草根，是甜甜的味道。"

阿迪打开木箱，他一眼就看见了树叶地图。他说："我想起来了，我们是路过这里的，我们是去寻找恐龙的宝藏的。"

阿木也想起来了，他问："都过去这样长的时间了，我们还要去寻找宝藏吗？不如找个地方住下来。"

阿迪说："别忘了，这宝藏关系到恐龙的命运，不管怎样，我们应该继续寻找。"

阿莉说："我们已经在这里耽误了很长的时间，要赶快啊。"

三头恐龙迎着早晨的阳光走出山川，周围的一切对他们来说是陌生的，但是，他们寻找宝藏的决心没有变。

6. 城市的标记

他们看见到处都是树木，到处都有爱护植物的标记。地球变成了一个依靠标记生活的地方。

古拉国的城市不是很大，三头恐龙并排走在马路上，几乎把路都堵住了。他们从遥远的地方来吗？不，两亿年以前，他们就生活在这里。他们只是从遥远的时代来。

"我不是在做梦吧，我已经闻到这附近有青草，也有树叶的味道，所以肯定还有虫子。"恐龙妹妹阿莉说，她的鼻子一点也没有因为冰冻而有丝毫的损伤。

阿木很高兴听见恐龙妹妹这样说，但他有些不相信这会是真的，他嘀咕着："一觉醒来，就有东西吃了？是不是饿昏头了？"他狠狠地拧了自己的身体，"哎哟，还好，我还没有饿昏。"

阿迪很担心地说："不知道是什么树，如果是有毒的树，那么我们连虫子也找不到。"阿迪一直很佩服虫子能鉴别树叶的本领，凡是有毒的树叶，虫子是不碰的。

不管怎样，先找到食物再说。当他们来到一棵树的身边，他们就为这棵树感到痛惜。

这是一棵很粗大的榆钱树，满树的叶子像铜钱那么大。不幸的是，每一片树叶都已经被咬过，一些绿色的虫子趴在树叶上，腆着肥肥的大肚子。一些褐色的虫子趴在树枝上，昂着头。而一些更古怪的虫子，织了一个棕色的袋，袋上还拖着一根丝，倒挂在风里晃动着。

树上还有一个鸟窝，鸟窝里住着一只灰雀，灰雀的毛有些蓬松，很烦躁地在树枝上跳来跳去，很明显，这只灰雀根本就对付不了这些虫子。

树枝上挂着一块木牌，上面写着"爱护树木，否则罚款"。

阿迪说："看来，这些虫子是不认识字的，否则他们怎么还这样毫无顾忌地咬树叶和嫩树枝。"

阿木问："那有没有说要爱护虫子，否则罚款?"

"当然没有。"阿莉说。

"那我们可以饱餐一顿了？"阿木还是有些怀疑。

只一会儿时间，他们就吃饱了。阿木舔舔嘴巴说："这个世界真好，有这么多的食物。"

灰雀侧着小小的脑袋，一直惊讶地看着他们，他那尖尖的黄色的嘴巴张得大大的，直到虚形龙离开这棵树很远了，他才回过神来，对着虚形龙的背影叫着："嗨，朋友，你们从哪儿来？要到哪儿去？"

可是，三头恐龙已经走远。他们来到草地上，青青的小草，各种各样颜色的小花，一切都是那么美好。草地上也插着一块木牌，上面写着"严禁践踏草地，否则罚款"。

走过草地，他们看见了池塘，清清的水里，鱼儿游来游去。池塘边上也插了一块牌子，上面写着"此处不准垂钓"。

他们来到马路上，这时候，城市的居民已经开始休息了，一个一个窗户里透出红色和白色的光。马路上没有行人，只有路灯，安静地站在路的两边，把光投射到地面。

灯光下，阿迪看见马路上也有各种各样的标记，比如：不准停车标记、不准转弯标记、人行道标记……

阿迪说："我们还是小心一些，这个世界到处都是标记。"

阿木说："这么多的标记，那有没有吃东西的标记呢？"

阿莉笑了，因为她刚好看见一个标记，上面画着一个"汉堡包"，她拉着阿木说："瞧，这就是你希望看见的标记。"

阿木记住了这个标记，以后，他要到这里来好好地吃一顿的。

7. 恐龙博物馆

他们来到恐龙博物馆，看见一个巨大的恐龙雕像，居然就是他们认识的那头梁龙，他们还遇到了光头的井深博士。

夜晚的城市被彩色的街灯照耀着，空气中弥漫着淡淡的雾。彩色的灯光照在三头恐龙的身上，看起来，三头恐龙都被笼罩在光圈里。

阿木说："这里会不会有别的恐龙？"

阿迪说："我们注意看看，如果有，可以问问这个世界到底发生了什么样的变化？"

这时候，阿莉大声叫起来："啊，我看见一头恐龙了。"

大家抬头一看，只见前面有一个巨大的恐龙雕像，在空旷的广场上，恐龙雕像无声地站在那里，很庞大，但也很瘦，就好像被白蚁蛀空的大楼，他长长的脖子扭转着，好像在吼叫，但是，他一定发不出声音，只是在心底吼叫。

阿莉上前摸了摸，摸到的只是冰冷的石头。

"看起来，他有些眼熟。"阿木说。

"这里有字。"阿迪指着雕像下面的石头说。

在雕像下面，刻着这样一行字：

世界上最后一头梁龙，最后的晚餐是三片树叶和三条虫子。

啊？梁龙？这是他们见过的梁龙。可怜的梁龙，他一定是饿死的。

"他们为什么要在这里立恐龙的雕像？"阿莉说。

"因为这里是恐龙博物馆。"阿迪说。

雕像后面有一幢很高大的石房子，比周围所有的房子都气派，对于像梁龙这样庞大的恐龙，这样大的房子正合适，而在虚形龙看来，这房子是有些太高大了。

阿迪说："我想，在这里，我们可以看到关于恐龙家族的很多资料。"

恐龙博物馆是古拉国最有名的地方，古拉国因为发现了恐龙的化石而闻名世界。

和恐龙一起出名的还有发现恐龙化石的井深博士。

井深博士早年研究蜥蜴，就是爬行类动物中的小个子，有一次在野外勘察的时候，他意外地发现了恐龙的化石，从此变成了恐龙迷。他常常托着下巴自言自语："这样庞大的恐龙，为什么会在地球上消失呢？"

这时候，井深博士正在恐龙博物馆里工作着，他操作着电脑，电脑的前面是一个恐龙的骨架。井深博士的眼镜落在鼻子上，眼睛透过厚厚的镜片看着骨架，他胖胖的手操作着电脑，他正在根据恐龙的骨架推测恐龙原来的样子。

井深博士打开了挂在墙上的大屏幕，大屏幕上出现了恐龙时代的森林和沼泽地，那些光秃秃的树木伸出枯竭的树枝指向天空，天空很低，挂着一些乌云。

这是井深博士根据猜测，用电脑制作的景色，和阿木、阿迪以及阿莉生活的地方是多么相似啊。三头恐龙激动地走向大屏幕，阿木激动地说："啊，这是我们的家。"

井深博士突然就看见眼前多了三头恐龙，惊讶得眼镜都掉在了地上。

"我不是在做梦？"井深博士揉着眼睛，"你们是恐龙？对了，是恐龙，是虚形龙。"

"是的，你认识我们？"阿迪接着说。

"我的推测是正确的，你们就是虚形龙。"井深博士一蹦老高，像一个孩子，"前几天，博物馆来了一只田鼠，他握着一根树枝，他说曾经见过三头恐龙，是虚形龙，我还以为是田鼠胡说呢，看来是真的。"

握着树枝的田鼠？

三头恐龙想起在很久以前，在他们被埋进雪里以前见过的田鼠，以后就再也没有见过了。

难道就是那只田鼠阿仓？

8. 保护恐龙

他们开始寻找恐龙的历史，原来世界上只剩下三头恐龙了。

井深博士决定把他们保护起来。

井深博士围着虚形龙蹦了一圈，终于停下来了。

"知道吗？你们是奇迹，这比我发现恐龙化石更加让人激动。"井深博士一会儿走向阿木，一会儿走向阿迪，一会儿又走向阿莉。

终于，井深博士停了下来，问："不过，你们是从哪儿冒出来的？"

阿莉说："雪山那边。"

井深博士更加奇怪了，根据他的研究，雪山那边没有恐龙生活的痕迹。井深博士问："可是，你们怎么会到雪山那边的？"

阿木、阿迪和阿莉相互看看，他们不想回答井深博士这个问题，关于宝藏的秘密可不是随便可以说给别人听的。

阿迪反过来问："你是怎么把我们的家搬到这里的？"

井深很得意地说："这是电脑，我的工作是通过电脑再现恐龙时代。现在，我可以不用这个电脑反复计算了，人们多么希望看见真正的恐龙是什么样子啊。"

"真正的恐龙？"阿木问。

"是的，人们到这个博物馆来，就是为了了解恐龙的秘密，但是，大家看见的只是恐龙的化石。世界上早就没有恐龙了。而你们是意外，是奇迹。"

井深博士不停地说着……

三头恐龙悲伤极了，原来世界上早就没有恐龙了。

"恐龙因为庞大而拥有了地球，他们曾经是地球的主宰。但是，在那个缺少食物的年代，庞大的恐龙找不到足够的食物，饥饿让他们消失。"井深博士的屏幕上出现恐龙倒地的镜头。

"一些鼠类，因为食量小反而生存下来。"井深博士的屏幕上出现了一些鼠，他们在庞大的恐龙面前曾经是弱小的，但在大自然面前却是幸运的。

但是，恐龙博士怎么也不会想到，他见过的田鼠阿仓，不是一代又一代繁衍生存下来的田鼠，而是来自于恐龙时代的田鼠。

"恐龙会因为庞大而灭亡。"这是绿蜘蛛早就说过的。在阿木、阿迪和阿莉被埋在冰雪下面的时候，恐龙家族经历了一场大毁灭。

"来，跟我到这边来。"井深博士把他们领到旁边的一个大厅。

这里的温度明显高了许多，三头恐龙刚刚从雪山下来，很不习惯。

"这是恐龙蛋。"井深博士指着一块"石头"说。

"人们妄想把他孵化出来。可是，一切都是徒劳。现在好了，你们就住在这里，我会好好饲养你们，对了，你们吃什么虫子？古拉国是一个虫子丰富的国家。"说完，井深博士按了大厅墙壁上的红色按钮，墙壁上出现一个屏幕。

　　屏幕上有一位警察，他一边敬礼，一边问："请问，有什么吩咐？博士。"

　　光头博士很满意警察的表现，说："请把这三头恐龙带到密封的无菌实验室去。我要把他们重点保护起来。"

　　做完这一切，井深博士长长地松了一口气，等他回过头来的时候，他的嘴巴马上就变成了一个大大的圆形。

　　三头恐龙已经不见了，只留下六行大大的湿漉漉的脚印。

　　井深博士痛苦地抓他的光头："哦，不，不，你们需要我照顾，我是恐龙专家。"

　　井深博士的叫声回荡在空旷的博物馆里。

《米粒和挂历猫》节选

有一只猫，名叫皮拉，你不用担心他锋利的爪子会抓你，也不用担心他会掉毛，当然更不用担心他身上有跳蚤。长江路小学三年级七班学生米粒在一个夜晚遇到了他。

1. 猫的节日

10月10日，茉莉公寓十八层窗户上出现了一张白色的猫脸，他从黑色的夜空飞来，寻找一只叫做皮拉的挂历猫。

米粒趴在窗口的桌上画画。

这是茉莉公寓最高的楼层十八层的一个窗户。米粒觉得站在这个窗口前，离天空很近很近。

"笃、笃、笃"，窗外传来三下清晰的敲击声，像啄木鸟在捉虫。

"笃笃笃笃笃笃……"一串清晰的声音，像小雨点在敲打窗户。

米粒把目光移到窗户上，啊，玻璃后面印着一张白色的猫脸，绿闪闪的眼睛正在对着窗户里面张望，爪子敲打着窗户。

"啊，是大白猫——"小米粒犹豫着打开窗户，问，"你来找谁？"

"我来找你们家的猫。"大白猫说话的时候，用三只爪子贴在玻璃上，另外一只爪子像人的手一样比划着，风儿吹着他雪白的毛，有几根白色的猫毛落到了米粒的书桌上。

米粒不喜欢空气中飘浮的杂物，包括风里吹来的猫毛，并且米粒家里根本就没有养猫，她说："你一定是弄错了。"接着她想关上窗户。

但是大白猫的身体已经卡进来一半，他坚持说："有的，他叫皮拉，马上就会从挂历里走出来了。"

米粒的房门后面挂着一本挂历，图案是各种建筑物，比如：1月份是中国的故宫，3月份是法国的卢浮宫，8月份是埃及的金字塔，都是世界各地的名胜。而到了10月份，是一幢根本就没有名气的古老别墅，看上去甚至有些破旧，别墅前面是蔷薇花围着的篱笆，一只黑猫静静地坐在蔷薇花下，他的身边还有一只黑色的老鼠。

米粒仔细看着的时候，突然就看见挂历上的黑猫眼睛眨了眨，舌头卷了卷，还把尾巴摇了摇，接着躬起背，竖起耳朵，伸个懒腰就从挂历上走下来了。

米粒揉揉眼睛，挂历上的黑猫和真的猫一样躬着背翘着尾巴站在了她的面前。再回头看看窗台上的大白猫，米粒猛然感觉到今夜不是一个普通的夜晚。不是吗？小米粒家住在茉莉公寓的十八层，猫是怎么像蝙蝠一样飞到窗户上的？

米粒可不是胆小的女孩，她有着黑黑的皮肤，大大的眼睛，厚厚的嘴唇，翘翘的辫子。这会儿她站在书桌前愣住了，她的嘴巴张得圆圆的，像一个大大的"○"，呼出来的全都是一个个"？"。

大白猫也不走进屋子，只是站在窗台上，他做出邀请的动作："走吧，皮拉，我们马上出发，去参加今天的猫节吧。"

猫节？米粒第一次听说这个节日。

大白猫说："我们猫的节日 10 年一次。这是猫聚会的日子，像我这样的隐形猫，还有皮拉这样的挂历猫，只有在今天才可以相聚。"

皮拉高兴得手舞足蹈。但是，他没有马上动身，他走到米粒面前，说："能为我留着窗户吗？我等这个猫节已经很久了，只有到了今天，我才能走出挂历。但我必须要回到这里来的。"

米粒答应为猫儿留一扇窗户。"不过么……"米粒说，"我还有一个条件，那就是带我一起去。"

大白猫皱了皱眉头，他的额头就凝成了一道道纹路，像老虎的额头一样。他犹豫着说："除了老鼠，没有别的成员参加过我们的节日聚会。"

皮拉说："我来照顾她，可以吗？"

大白猫说："好吧，谁让你遇上了呢，你应该觉得荣幸，这是我们第一次邀请人类参加猫的聚会。"

米粒非常激动，站到书桌上，随时都准备出发。

皮拉指着黑色的夜空，说："今天夜里，所有的猫都会飞，等会儿，你看见猫像鸟一样飞行在天空中，可千万不能大惊小怪哦。"

米粒这才明白，白猫就是从黑色的夜空中飞来的，落在茉莉公寓十八层的窗户上。

2. 夜空飞行

夜空中到处是飞行的猫，一根一根的电视天线，就是他们的路标。

皮拉带着米粒在一个空旷的屋顶降落。

米粒打开窗户，城市的夜晚，家家户户的窗户都亮着灯。

皮拉让米粒在窗口等，他要试飞。他对白猫说："你是知道的，我好久不飞了，我必须试一试。"

他没有翅膀，只是把他的两条腿伸向前，另外两条退伸在后面，接着他的身体离开窗台，他开始在夜空中飞行，眼睛闪着绿色的光芒，像夜空中的猫头鹰。

米粒想，那些亮着灯光的窗户，会不会突然打开，会不会有一个孩子，和她一样看见夜空中飞行的猫，第

二天醒来，那个孩子也许觉得昨天夜里只是做了一个猫儿飞行的梦。

茉莉公寓的对面是百合花公寓，米粒的同学小眼镜安迪就住在百合花公寓第一层，安迪的家离天空最远最远，但是，小眼镜喜欢天空，他的美国爸爸为他安装了一个天文望远镜，可以看见天上的星星。如果现在安迪正在地面观察天空，正好看见飞行的皮拉，他说不定会断定天空中出现了不明飞行物。

天空中飞行的猫多了起来，他们飞行的时候并不说话，甚至也不打招呼，彼此好像没有看见一样。

皮拉在黑夜里转了一圈，返回窗台，落下来的时候带着一丝风声和重重的脚步声。他不好意思地说："我的脚太大了一些，落地的时候声音总是太响。"

不过，他大大的猫脚最容易站稳。他伏下身体，说："来吧，我带你飞。"

米粒犹豫着："乘在你身上？"

白猫说："如果你胆小，现在退出还来得及。"

米粒当然不是胆小的女孩，只是她从来没有骑过猫，怕压坏了猫。

皮拉催促着："来吧，就像乘你爸爸的摩托车一样，记住，千万别向下看，只管看上面和前面。"

米粒不想失去飞行的机会，赶快坐了上去，皮拉的背热乎乎的，很柔软。

米粒问皮拉："我可以抓住你的耳朵吗？"

"不行，我必须依靠耳朵的转动来辨别四面八方的声音。"

米粒接着问："那我可以抓住你的尾巴吗？"

"那也不行，飞行的时候，我需要用尾巴来调节方向。"皮拉已经把尾巴调节得像一个螺旋桨。

"你可以抓住我脖子后面的毛。"皮拉把脖子上的毛竖起来。

他们开始起飞，从窗台飞出去，风呼呼地从耳边吹过。白猫在前面飞，黑猫皮拉带着米粒跟在后面。

天空中散布着一些星星，闪着光，并不亮，但是很清澈。月亮弯得像一个钩子，柔柔地挂在茉莉公寓的楼顶，好像要把米粒家的十八层公寓楼钩起来似的。

远处屋顶上闪着一对对绿绿的光，那是猫的眼。猫都躬着背，竖着耳朵，在月光下形成一个个优美又神秘的身影。

皮拉带着米粒在一个空旷的屋顶降落。

猫和鸽子常常把别人的屋顶当成自己的道路，而那一根一根的电视天线，就像是他们的路标。

大白猫站到一根最高的电视天线旁边，那里已经聚集了很多的猫，他们竖起了尾巴躬起了背，他们这样的时候，表示情绪有些激动。

大白猫很威严地"喵呜——"了一声，他的声音在夜空中回荡，最后被黑夜吞没。所有的猫也回应一声"喵呜——"，他们的声音也在夜空中回荡，最后也被黑夜吞没。

3. 白猫首领

米粒猜测着白猫的身份，他究竟是歌星还是演说家？
结果发现他竟然是被糖巫婆用魔法控制的隐形猫。

皮拉告诉米粒："只有今天，猫儿可以飞行。大部分的猫是第一次飞行。所以飞行的时候大家都很认真，彼此之间不说话。"

米粒问："那你是第几次飞行了？"问这个问题，相当于我们人类问别人几岁了。

皮拉说："第 8 次。"皮拉这样回答等于告诉米粒，他在 80 年前就已经飞行过，参加过猫的聚会。

和那些平凡的猫相比，挂历猫皮拉是非凡的。

那么来接挂历猫皮拉的白猫一定也是非凡的。

白猫被大家围在中间。

白猫说："我很荣幸能够和你们见面，你们生活得好吗？"

米粒猜测白猫可能是歌星。

许多的猫像歌迷一样疯狂地回答："好。"

但是有一只小小的白猫站出来，说："我很不好，我被人类抛弃了，请您告诉我，该怎么办？"

白猫抚摸着小小白猫的头，用缓慢而平静的声音回答："从很早开始，我们猫就选择和人类一起生活，这让我们感到安全。但是，有一些猫为了获得自由，宁愿做一只野猫。不管以哪种方式生活，我只希望大家生活得快乐。"

小小白猫仰着头看着白猫，"喵呜——"地叫着，从这个猫节开始，他将要开始野猫的生活了。

米粒又重新猜测白猫的身份，白猫说的话富有哲理，米粒觉得他像是一位了不起的演说家。

但是，白猫没有继续他的演说，他像一位真正的绅士一样向大家鞠了一个躬，并且说："能够和你们见面是我10年中最盼望的一件事。"

皮拉小声地告诉米粒："这也是所有的猫最盼望的一天，10年来，能亲眼看见白猫的机会就这样一次，他是所有猫的首领。"

首领？这让米粒觉得意外，但也让米粒信服。白猫平常的打扮，平和的目光，充满了智慧和爱的声音，足以说明白猫是一位受爱戴的首领。

白猫说："我很想天天和你们在一起。但是，我是一位囚徒。"

囚徒？所有的猫都觉得意外。

白猫说："别奇怪，孩子们，我的确是囚徒，犯了错误都应该受到惩罚，谁也不例外，1000年以前，我背叛了养育我的女巫。"

接着，白猫给大家讲述了一个关于女巫和猫的故事。

（关于森林女巫的更多故事，你可以在第二册《米粒和糖巫婆》中了解更多。）

"1000 多年前，我是一只小小的白猫，和糖巫婆生活在女巫森林里。

糖巫婆举着一根巨大的棒棒糖，她总是把我粘在棒棒糖上面。但是，我更加喜欢人类的村庄，终于有一天，我离开了糖巫婆。"

米粒插嘴说："哦，人类有时候会抛弃猫，而猫会抛弃女巫。"

白猫有些不高兴地看了米粒一眼，米粒马上意识到随意打断猫说话也是不礼貌的。

略微停顿了一会儿，白猫继续说：

"糖巫婆非常恼火，她把我变成了一只隐形猫，谁也看不见我，感觉不到我的存在，只有在猫节这一天里，我才会恢复成原来的样子。"

说到这里，白猫停止了他的演说。10 年中只有一天时间，他才做回真正的自己。

所有的猫都沉默了，他们被白猫首领的故事带到很久远的年代，他们被深深地感动，他们更加爱戴自己的首领。

白猫首领不再讲自己的故事，比起演说，他更加热衷于在黑夜里游戏。

白猫非常简单地宣布游戏开始，简单到连游戏的名字也没有宣布，但是，猫都知道这是什么游戏，许多猫开始在屋檐上忙忙碌碌。

米粒猜测着他们会玩什么游戏，躲猫猫？还是黑夜竞走？

白猫首领很宽容地对黑猫皮拉说："你可以不用参加的。"

4. 大脚猫的烦恼

在猫的游戏中，皮拉放过了老鼠班米，许多猫议论：皮拉原本就是不会捉老鼠的大脚猫。

为什么所有的猫都参加的游戏，皮拉不用参加？

皮拉耸了耸肩膀对米粒说："我的脚板太大，走路的时候声音太响，我总是抓不住老鼠的，也不会有猫愿意做我的搭档。"

哦，米粒早该想到猫的游戏就应该是捉老鼠，而不是别的。

别的猫都找到了游戏的搭档，只有挂历猫皮拉没有搭档。米粒对黑猫皮拉说："剩下的只能在一起了。上体育课的时候，小眼镜也总是没有人挑选他做搭档，我就和小眼镜做搭档的。"

皮拉有些感激地看着米粒，他的耳朵一转一转，猫思考问题的时候就喜欢转动耳朵。米粒的羊角辫跟着一甩一甩，她已经把挂历猫看成是自己的朋友了。

他们选择了一个墙角，一动不动地蹲着，像两个雕塑。

米粒觉得这一切太有意思了，以前，她常常会在街头或者公园里遇到猫，但是从来不会想到，这些猫是怎样生活，怎样游戏的。而今天，她对猫有了新的认识。

就在这时，一只老鼠从墙角窜过，老鼠背着一袋米，那袋米一边走一边漏，漏成了一条线。老鼠低着头走着，突然看见了挂历猫的脚，就一下子停住了，扔了米袋就逃。

啊，是皮拉发挥作用的时候了，皮拉跳出来，拦住了老鼠的去路。"啊，是班米?"

"啊，是皮拉。"老鼠班米用他戴着白手套的爪子拍着胸。

皮拉把身体侧过来，让出一条路，说："快走，千万不要让别的猫看见你。"

班米迅速逃走了，快得连米粒这个搭档都没有弄明白是怎么回事。

米粒的身后，窜出来一只黄色的卷毛猫，她凶狠地对皮拉说："你放走了那只老鼠，我看见了，所有的猫都会瞧不起你的。"

皮拉耷拉着脑袋，无奈地耸耸猫肩。

米粒认出，那只黄猫是新搬来的邻居方便面阿姨家的猫，人称方便面猫。

米粒提醒皮拉："她是一只会惹麻烦的猫。"

皮拉说："没有办法，我不能捉班米，班米是和我一起住在挂历里的那只老鼠。"

米粒想了想，挂历上的确是有一只黑色老鼠的，野蔷薇的一片白色花瓣飘落在黑色老鼠的头上，像戴了一顶花帽。

游戏结束，许多猫都在议论：那只大脚猫根本就是一只不会捉老鼠的猫。

他们说的大脚猫就是皮拉，皮拉伤心地说："他们说得对，我一辈子都没有捉住过老鼠。"皮拉身体变得扭曲，就像一团被揉碎的纸。

米粒突然觉得自己应该保护皮拉，安慰皮拉。她拉着皮拉在屋檐上坐下来。这里离城市好遥远好遥远，与天空好接近好接近。

皮拉说："我好想做一颗星星，贴在天上。"也许，当孤独的感觉上来的时候，心就会走得很遥远很遥远。

米粒想把皮拉走得遥远的心拉回来，她说："就算你变成了星星，我的同学小眼镜安迪仍然会在所有的星星中发现你，他每天都站在一楼的阳台用天文望远镜寻找新的星球。"

皮拉笑了，他说："他会发现一颗'Cat'星球。"皮拉的身体又开始变得舒展，他觉得自己就像是一颗闪烁着光芒的星星。

这时候，方便面猫来了，她说："我认识你，你是我家楼上的那个小姑娘。你怎么和不会捉老鼠的猫在一

起?"

皮拉刚刚有的一点信心又一次受到打击，沮丧地耷拉着尾巴站在旁边。

米粒非常生气地说："我不喜欢你议论我的朋友。"

方便面猫说："我发誓从不议论，我只对我的朋友花狸猫说过。我还知道，他是住在挂历里的猫，他不能被雨淋。"方便面猫说这些的时候，胡子一翘一翘，很得意的样子。

黑夜里，米粒看不见皮拉的脸，但她感觉到皮拉一定非常伤心。

米粒觉得方便面猫专门拿别人的缺点来说，应该给她一点教训。米粒注意到方便面猫的胡子很特别，有些卷曲，就突然想把猫胡子剪下来。

方便面猫和别的猫开始玩倒挂在树上的游戏，他们要比赛看谁能够坚持更加长的时间。小米粒趁方便面猫闭着眼睛倒挂在树上的时候，剪掉了方便面猫的胡子。

5. 我没有撒谎

米粒上学迟到了，她说自己昨夜和猫一起游戏，还剪掉了猫的胡子。

大家都认为米粒是撒谎，只有小眼镜相信她。

第二天早晨，米粒上学迟到了。

她走到校门口的时候，没有看见门卫潘爷爷，只看见潘爷爷的狗，那只卷着尾巴的黑狗居然还在睡觉。（这个卷着尾巴的家伙其实也算是这个学校的学员，关于他的故事你可以在第三册《小米粒和复活节彩蛋》中看见。）

这有些反常，平时这个时候，高校长早就在校园的各处转悠了，米粒经过高校长身边的时候，会向高校长鞠躬，高校长会弯下腰咧着嘴给米粒一个笑脸，米粒就特别想摸摸他像胡萝卜一样的高鼻子。（如果你可以读到第二册《小米粒和糖巫婆》，你会对高校长的鼻子更加感兴趣的。）

可是，今天，米粒轻手轻脚地经过校长室，看见高校长正揉着高鼻子打哈欠。米粒弯着腰，往教室跑去。

"米粒。"米粒的班主任夏老师在后面喊她，"请你到我办公室来一下。"

夏老师是一位年轻的老师，她说话的声音从来都不响亮的，但是，同学们都听她的话，因为夏老师把头发扎在脑后，一根刘海也不留，长圆形的脸上戴着一副大大的眼镜，镜框还是黑色的，看上去很严肃。

"你为什么比迟到的人还迟到？"夏老师问。

比迟到的人还迟到？"谁也迟到了？"米粒嘀咕了一声。

夏老师的脸有些红了。"是我，我也迟到了，还有，我们全班都迟到了，那是因为昨天晚上，大家都没有睡好，让猫给吵了一夜。"

昨晚上，全城的猫都在过节！

"可你是最后一个来的。"夏老师轻声说话，米粒知道夏老师生气的时候就是这样说话的。

"昨晚上，我和猫一起做游戏了。"小米粒简单地回答。

夏老师吃惊得眼镜都快掉下来了，因为米粒虽然很调皮，但从不撒谎，今天怎么说谎话了？她扶了扶眼镜，尽力把声音压低了说："好孩子是不能说谎的，迟到了也没什么，承认就行了，怎么说和猫一起做游戏呢？好了，现在先回教室去吧。"

上课的预备铃响起来了。米粒回到教室。

教室里，同学们全在议论昨天猫儿的事情。

"我家的猫昨天夜里溜到了树上，把小鸟都吵醒了。"文新雨得意得连辫子都翘起来了。文新雨是班上的乖乖女生。

"我家的猫摔到了河里，爬起来的时候，每个耳朵里有一条鱼。"马加力家的猫平时连蟑螂都抓不到，现在居然还抓到了鱼？

小眼镜说："我家楼下的花狸猫昨天晚上像是疯掉了，一直喵喵地叫着，像是在说谁的坏话。"

"糟了，你们楼下的花狸猫笑话我和皮拉不会捉老鼠。"米粒插上去说。

"难道你会捉老鼠？哈哈，哈哈，笑死人了。"文新雨说。

"对呀，你连苍蝇也怕，还捉老鼠？"马加力站起来说。

"真的，我和我们家的猫一起去捉老鼠，不过，我们家的猫皮拉把老鼠班米给放了。"米粒说。

"胡说，你家没猫。"文新雨和马加力同时说，他们和米粒家住得近。

"是挂历上的猫。"米粒回答。

"哈哈，哈哈哈哈……"同学们全都笑得弯下了腰。

"米粒，好孩子是不能说谎的。"夏老师又用这句话来提醒她。

"我把他带来了。"米粒对大家说。

她今天出门的时候把皮拉放在书包里的。

米粒拿出挂历猫，啊，挂历猫睡着了，眼睛也闭上了。

"这只是纸片呀。"马加力说，"这样的也算猫啊，那我马上画一只。"

"醒醒，皮拉，叫几声，让大家听听，你真的是猫。"米粒拍拍挂历猫皮拉的身体。

可是，皮拉一动也不动。"他一定是睡着了，昨天晚上他太累了。"米粒解释说，"昨天，我们在屋檐上走了很久。"

"哈哈哈……"同学们个个笑得前俯后仰。

"真的，是真的。"米粒大声辩解。

夏老师第三次提醒她："米粒，好孩子是不能撒谎的啊。"

"我没说谎，我还剪了方便面猫的胡子，在这里呢。"米粒从书包里拿出猫胡子给大家看。

"会不会是你爸爸的胡子呀。"马加力带头起哄。

"哈哈，哈哈哈，哈哈哈哈……"全班同学笑得喘不过气来。

只有小眼镜安迪，他相信米粒。

6. 第一次战争

安迪认识了懂外语的皮拉，不过皮拉并不喜欢戴眼镜的人。

米粒惹了方便面猫，女孩和猫发生了第一次战争。

小眼镜安迪希望米粒带他去认识这些猫，当然他要先认识挂历猫皮拉。

皮拉打着哈欠从米粒的书包里出来："这一整天，睡得我累死了。"

米粒说："你已经睡了 12 个小时了，该见见我的朋友小眼镜安迪了。"

安迪看着一只折叠成一小块的纸片猫伸展开四肢，变得立体起来，然后理理胡子站立在他的面前，惊讶得眼镜都快掉下来了。

中国当代童话新锐作家丛书

162

他试探着和皮拉说话："你好。"

皮拉不太喜欢戴着眼镜的人，所以没有回答他。

小眼镜又试探着打招呼："Hello（哈罗）——"

皮拉说："哈罗？我不懂英语的。"

可是，小眼镜觉得这只挂历猫是懂外语的。于是他又试探着说了一句英语："Shall we make friends with each other?（我们做朋友好吗？）"

皮拉说："那太好了，不过我不懂英语。"

小眼镜继续用英语说："Now let's go to see the cat with no beard.（我们现在去看没有胡子的猫吧。）"

皮拉说："哦，这太糟糕了。"

最后皮拉补充说："我再说一遍，我不懂英语。"

小眼镜安迪很高兴，他对米粒说，他没想到会遇到这么有意思的猫，明明是懂英语的，却一定要说自己不懂英语。接下来，他很想去看看那只被剪掉了胡子的可怜的猫。

米粒正想去找方便面猫算账，她要警告这只猫，不许再说挂历猫不会捉老鼠，不许再说挂历猫怕雨淋。总之，她不许别人在背后议论挂历猫皮拉，因为皮拉是她的朋友。

皮拉不愿意去看方便面猫，在方便面猫面前，他觉得自己很笨。所以他决定呆在米粒的口袋里。

选择住口袋实在是没有办法的事情，因为米粒的书包实在是太糟糕了，书包里那些大大小小的书，全部都是课本，连一本课外书也没有，米粒的作业本上那一个个红红的"优"字，让挂历猫觉得很心慌。

米粒的口袋比米粒的书包小多了，挂历猫必须把自己叠成更加小更加小的形状。

安迪和米粒沿着古城墙开始赛跑，终点站就是茉莉公寓。米粒捂着口袋跑，安迪扶着眼镜跑，结果还是米粒先到了。

"叮咚——"米粒按响了方便面阿姨家的门铃。

方便面阿姨出来了，她的头发烫成一缕一缕的，垂下来，就像刚刚泡了水的方便面。这会儿，她穿了一件大大的裙子，裙子是浅绿色的，可上面有以前涂的和新涂上的各种各样的色块，她的手里拿着一支大号油画笔，脸上和手上也都涂上了彩色颜料。

方便面阿姨其实见过米粒，但她想不起来在哪儿见过了，一脸迷惑的样子。米粒认为：画家大部分都这样，视力特别好而记忆力特别差。他们常常喜欢做出思考问题的样子，千万别指望他们马上就能找到答案。

"她是你的邻居，叫米粒。"安迪指着米粒说，"她的爸爸和你一样，是画家。"

"哦——"方便面阿姨好像刚刚才有些想起来。

米粒还认为：画家和画家之间很容易认识的，但是，认识的画家和画家之间不太来往的，画家就是这样的。

所以米粒觉得再绕圈子介绍自己的身份没有必要，干脆直接把话说明白，她站到安迪的前面，说："我们是来找方便面猫的。"

方便面阿姨这时候总算弄明白了，这个小女孩米粒是画家米先生的女儿，米先生一家就住在这幢楼里，方便面阿姨本来就打算等空一点过去拜访的。

所以方便面阿姨脸上有了笑容，她说："很不巧，我的猫今天向我请假了。"

"她有没有说去哪里了？"小米粒问。

"不知道，这是猫的隐私，我没有过问。"方便面阿姨说，"不过，她说丢了一样很重要的东西。"

"丢什么了？"小米粒说。

"我也不知道，我的猫今天一整天都不对劲，到处乱窜，头上撞了好几个包。好可怜。"方便面阿姨说完就指了指自己额头的左边，又指了指右边，表示她的猫额头左右都受了伤。

方便面阿姨指着额头的时候，把手上的颜料都染到了头发上，几缕头发就变成了绿色，看上去像是生活在沼泽地里的青苔女巫。

这时候方便面猫垂头丧气地回来了，她的额头左右各有一个包。

"你去哪里了？有朋友来找你。"方便面阿姨说。她根本就没指望她的猫能听懂她的话，她不过是随便说说的。

"我去找胡子。"方便面猫回答着，"一只猫是不能没有胡子的。"

方便面阿姨惊讶极了，她养这只猫很长时间了，第一次听见她讲话。

小眼镜因为已经和挂历猫说过话了，所以一点也不奇怪再和方便面猫说话。

小眼镜推了推眼镜，说："米粒说她剪了猫的胡子，大家都不相信，原来是真的。"

方便面猫一听，立刻就发出"呜呜——"的声音，她把背躬起来，尾巴翘起来，扑向米粒。

米粒原本是想来教训方便面猫的，没想到结果会是这样，她也知道自己惹祸了，赶紧躲到方便面阿姨背后。

"哎，太不应该了，这样欺负我的猫。你知道吗？胡子对猫有多重要。"方便面阿姨这时候一个劲地袒护她养大的，并且能开口说话的猫了。

米粒对发怒的猫感到害怕，她害怕猫的爪子。

她用眼睛向小眼镜安迪求助。但是，安迪对她耸了耸肩，说："我不想介入猫和女孩之间的争斗。"

既然这样，那就只有逃跑了，她一边跑一边对安迪说："我这样不算逃兵的，我只运用了三十六计中的最后一招。"

方便面猫扑了一个空，叫得更加难听，并且转身向小眼镜安迪扑来。

安迪根本就没有招惹方便面猫，却也遭到了袭击，他觉得这只猫的确有些野蛮。

他向方便面阿姨招了招手，一边跑一边说："你的猫需要管教管教了，另外，帮她剪剪爪子。”

方便面阿姨一点也没有责怪方便面猫，还一个劲地觉得方便面猫可怜，的确，方便面猫嘴边没有了胡子，头上还多了两个大包，真是怪可怜的。

7. 猫的晚餐

米粒最怕吃鱼，皮拉却很快就把鱼吃完了，连骨头也不吐。

米粒的妈妈不会想到家里有了一只名叫皮拉的猫。

米粒在晚饭前逃回了家。

米粒进门的第一件事情就是翻看妈妈的生物书——《关于猫》。米粒的妈妈姓叶，树叶的叶，是大学里的生物老师。

叶老师的书上说，猫的胡子是猫的丈量工具，也就是猫的尺，差不多和猫的身体同样宽，如果猫需要钻洞，会用他的胡子比一比洞的宽度，如果洞的宽度没有猫胡子宽，猫是不会随便撞上去的。

米粒这才知道自己把猫胡子剪去是犯了多么大的错误。

到了晚饭的时候，挂历猫皮拉在小米粒的口袋里躬起背，打着哈欠醒来了。

晚餐有豆腐鲫鱼汤，皮拉在口袋里闻到了鱼的味道，说："好饿啊。"

米粒说："你是馋吧?"

挂历猫自从住进挂历就再也没有吃过鱼了。

这时候，家里的电话突然响了，是米粒的爸爸打来的，爸爸外出写生去了遥远的山林。

妈妈和爸爸打电话的时候，米粒就把两条鱼放进了口袋。不用说，这鱼就成了挂历猫的晚餐。

妈妈打完电话，回到餐桌，说："米粒，你爸爸让你多吃东西，喏，多吃鱼哦。"

妈妈拿汤勺舀鱼，发现鱼已经没有了。

妈妈问："鱼呢?"

米粒说："吃了。"

妈妈又问："那鱼骨头呢?"

米粒说："吃了。"

妈妈说："什么? 骨头也吃了?"

米粒说："哦，不是的，扔了。"

妈妈说："哦。"

真是奇怪，妈妈没见过米粒这样爽快吃鱼的，一边收拾盘子的时候，一边还嘀咕着："这孩子，今天真是怪怪的。"

挂历猫吃完鱼之后，还想着晚饭后的饮料。他说"如果有一些蜂蜜水或者咖啡就好了。"

"千万别吵，我妈妈最讨厌家里养猫了。"米粒警告挂历猫。幸好这会儿妈妈已经坐在沙发上看报了。

她读着报上的文字："你看看，这宠物就是不能养，报纸上说了，养猫要引起许多疾病，比如……"

妈妈这样读着的时候，挂历猫忍不住了，说："猫和人类是好朋友，为什么总说猫的坏话？"

妈妈抬起头来说："小米粒，是你和妈妈说话吗？怎么声音变样了。"

"哦，妈妈，是我在说话，我是在学猫说话呢。"小米粒捂住口袋不让挂历猫说话。

"猫才不会说话呢，猫要说话，一定是说猫话，除了猫，也许只有老鼠能听懂了。"妈妈说。

米粒愣了愣，她觉得这几天发生了一些奇奇怪怪的事情，让她想也想不明白。为什么自己能听懂猫的话，也能听懂老鼠的话？而且，就连身边的安迪、方便面阿姨和妈妈也跟着听懂了猫的话，这真有些离奇。

这些离奇的事情，确实发生了，在猫的节日之后，发生在米粒这个女孩周围。如果你觉得羡慕，那也只能羡慕，在人类没有破译动物的语言、而你又没有这样的奇遇之前。

米粒的妈妈最近一直在研究动物的语言。

动物依靠他们特殊的信号相互传递信息，比如：蜜蜂依靠飞行的舞蹈表达语言，蚂蚁使用触须传递信号等等。

人类试图破译动物的语言，以便于掌握更多的来自自然界的信息。

米粒的妈妈常常说："如果我们知道动物在说什么，想什么，那将是多么美妙的事情啊。"

的确，自从和挂历猫皮拉成了朋友，米粒的生活一下子变得丰富起来。

8. "野人" 回来了

10 月 22 日，米粒的爸爸"野人"从女巫森林回到了家里。

妈妈彻底清洗衣服，住在口袋里的皮拉遭遇了洗衣机历险。

皮拉自从住进了米粒的口袋，生活也变得丰富起来。米粒喜欢穿粉红色的背带裙，皮拉也喜欢住在粉红色的背带裙口袋里，他一直希望在那里做一个粉红色的梦。

他跟着米粒一起上学，马路上的一切都让挂历猫觉得新奇，在经过米粒校门的时候，挂历猫还认识了门卫潘爷爷的狗。

不过，小米粒的口袋很乱，这稍稍让皮拉感到不舒服，皮拉说："没有看见过小姑娘的口袋这样脏的。"

米粒本来是想把口袋里的东西都清理掉的，可是，口袋里的宝贝都是有来历的，一样都不能丢掉哦。

那根鸡毛，是外婆家的母鸡阿黄的，阿黄和米粒最亲，是最有意思的母鸡，其他的母鸡都离米粒远远的只有阿黄跟在米粒后面，吃米粒喂的面包屑，在母鸡阿黄的后面，又会跟着一群小鸡。小米粒觉得自己神气极了，有些像她的校长高先生了。高先生有时候带他们跑步，他们的班主任夏老师就带着一群同学跟在高校长的后面。

那枚卵石，是米粒在海边捡的，这是米粒第一次来到大海，大海送给米粒的礼物。米粒常常想："这块卵石，以前不知道躺在大海的哪个地方，现在就躺在我的口袋里了。"她突然就会觉得自己的口袋很大很大，大得可以盛得下大海里的东西了。

那张糖纸，是米粒吃了里面的糖，留下来准备做成糖纸小人的。

所以，米粒只能对皮拉说："你在我口袋里的时候，不能弄坏了我的鸡毛，还要小心被卵石磕痛了，还有不要让玻璃糖纸发出声音来。"

皮拉毕竟是挂历猫，不会像真的猫那样不安分，他很规矩地住在米粒的口袋里。

米粒回家的时候，妈妈已经到家，妈妈今天回家特别早，因为爸爸从野外写生回来了。

米粒的爸爸常常要外出写生的，日历已经翻到了 10月 22 日，爸爸这次出门已经有 15 天了。

"他一定像个野人了。"米粒的妈妈对米粒说，"你可要有思想准备哦，别让他用胡子扎你。"

说完，妈妈就忙着进了厨房，她要为这个"野人"

爸爸做可口的饭菜。

没多久，爸爸果然回家了，他背着他的画架，拖着旅行包，里面装着他写生的作品。爸爸的胡子已经老长老长，衣服看上去很脏，像极了一个野人。

不过，米粒和她的妈妈仍然热烈地拥抱"野人"，接着，她们展开爸爸的画，爸爸画的是一个森林。爸爸说："这就是有名的女巫森林。森林里还有很多古老的植物，尤其是藤蔓植物。"（关于这个神秘的森林，我们在第二册《米粒和糖巫婆》里会和米粒一起遇见会说话的兔子卡萝，他会带着大家进入森林的深处。）

妈妈非常喜欢这个森林，她说："我一定要到这个森林去采集植物标本。"

米粒看着那幅画，觉得很神秘。

皮拉悄悄告诉米粒，这个神秘的森林就是白猫首领的家。

米粒想起了白猫首领，自从那天夜晚开始，她就再也没有见过他，因为他是隐形猫，要等下一个猫节，他才能恢复猫的样子。现在白猫在哪里呢？

那天上飘着的白云是白猫的化身吗？

那远处的白色野花是白猫的化身吗？

还是他干脆是透明的？

妈妈开始了改造"野人"的行动，第一步当然是把野人穿脏的衣服一股脑都洗了。顺便，也把米粒的粉红背带裙一起洗了。

晚上，天气有些变冷。

妈妈打着哈欠催米粒睡觉，米粒找出自己的一只棉鞋，她觉得用这个给皮拉睡觉最合适了。

可是，米粒找不到皮拉了，因为她找不到自己的外套了。

米粒大声叫起来："妈妈，我的衣服呢？"

妈妈打着哈欠，漫不经心地回答："洗了。"

米粒急了，她冲到阳台上，看见自己的衣服湿淋淋皱巴巴地挂着。

米粒把晾衣架降下来，袋口开着，皮拉被粘在口袋里了，他的头上黏着那根鸡毛，玻璃糖纸已经变成了一张透明的无色的玻璃纸，而卵石已经不见了。

妈妈问："米粒，是找这块卵石吗？"

米粒看见妈妈手里拿着那块卵石，卵石倒是被洗得很干净，有些光泽的样子。

米粒说："哦，不，妈妈。"

妈妈说："这孩子，还说不呢，把卵石放在口袋里，还不知道会在口袋里藏什么脏东西呢。"

米粒的妈妈总把一些昆虫和树叶采集到她的生物实验室。可是，妈妈总是不允许米粒把黏着泥巴的东西带回家。

千万千万不能让妈妈发现挂历猫皮拉，皮拉的大脚上总黏着泥巴。

等妈妈走了以后，皮拉突然从口袋里伸出头，他用微弱的声音说：“别担心，米粒，我现在感觉很难受，要等明天身体干了，你才能把我从口袋里取出来。”

米粒略微放心了一些，可是她仍然很心疼皮拉，她发现皮拉的一个耳朵被洗掉了一些黑颜色，有了一块白色的斑点。

皮拉看出米粒的担心了，他故意轻松地说：“没有关系的，斑点狗都是这样的。”

“是的，斑点猫，现在你需要休息，我明天再来看你。”米粒和皮拉道了晚安，依依不舍地回到自己的房间。

9. 不速之客

10 月 23 日，方便面阿姨来拜访大米画家，把方便面猫托给叶老师照顾。

方便面猫像强盗一样进入了米粒的家。

第二天早上，米粒一家除了妈妈已经起床之外，其他人都在睡觉。

米粒的爸爸是肯定要睡到很晚很晚的。

米粒也是会睡到很晚的，因为米粒的青蛙闹钟也睡着了，本来每天早晨米粒都是被青蛙闹钟叫醒的，休息日妈妈就不会让青蛙闹钟叫了。

当然，挂历猫皮拉也昏昏沉沉地睡在阳台上的衣服口袋里。

"叮咚——"米粒家的门铃响了。

妈妈正在煮茶叶蛋，她把一袋茶叶倒进了锅里。

"叮咚——"门铃又响了，这回，门铃声把米粒吵醒了。

没等第三次响铃，妈妈已经打开了门。

妈妈看见一个满头卷发的女人站在她家的门口，一只手臂里抱着一只满身卷毛的猫，另一只手拎了一袋方便面。

米粒从房间的门缝里往外看，哎哟，不好了，是那个方便面阿姨和她的方便面猫，她们是来告状的吗？

"大米画家在吗？"卷发女人问。

妈妈不认识卷发女人，把她堵在门口，问："你是谁啊，大米正在睡觉呢。"

卷发女人说："是这样的，我姓方，叫方向，其实，我和大米都是画画的。大米的老师也就是我的老师，只不过，大米先毕业 10 年，我们没在学校认识，我们是在后来的画展上认识的。"

妈妈听说是这样的，语气变得温柔一些了。

她说："哦，这样啊，我好像是知道你的，很早就听说有一位画猫的画家，总能把猫画得像老虎一样，原来就是你啊。"

米粒想：哼，那只方便面猫就和老虎差不多凶呢。

小方阿姨有些尴尬地笑了笑，说："我是才搬来的。

所以过来认识一下。"

妈妈说："哦，那请进来，早饭吃了吗？我正在煮茶叶蛋。"

小方阿姨说："我就不在这里吃早饭了，没见着大米也没关系，这件事情本来就是要拜托大米夫人的。"

妈妈听说找她的，马上高兴地说："这么说，你本来就是找我的，你有什么事情就说吧。大家都是邻居嘛。"

小方阿姨说："那我就不客气了，我想出门几天，想把这只方便面猫寄养在您的家里。"

妈妈笑着的脸顿时有些僵硬。

米粒更加一脸的惊讶，这只凶狠的猫居然要寄养在自己的家里了？

小方阿姨可没注意这些，她把方便面猫放到了米粒家的地板上，然后，把手里的一袋方便面递给妈妈，说："我的猫很容易养的，她不会让您破费，您给她吃这个就行了。"

米粒的妈妈想：既然是大米的朋友，而且也不用专门做鱼给她吃，也就是帮着泡泡方便面，那也就不好意思拒绝了。

"好吧，你需要几天才回来？"米粒的妈妈问。

"两天。"方便面阿姨说，"两天以后，我请大家看画展。"

小方阿姨一直都是站在门口的，她说完就走了。

本来米粒很担心小方阿姨来告状的，但是，小方阿姨根本就没有提猫胡子的事。米粒总算松了一口气。

方便面猫大摇大摆地进了米粒家，四处张望着。米粒觉得她像一个入侵的强盗。

方便面猫冲着米粒"喵——"地叫了一声，很有一些示威的意思。

米粒"啪——"地关上房门，过了一会儿，米粒打开房门，在房门外面挂上了一块标志牌，上面写着"坏猫勿入"。

妈妈经过米粒房门的时候，摇了摇头说："千万不要发生女孩和猫的战争。"

10. 复仇行动

因为讨厌方便面猫，米粒跟爸爸去了外婆家。
方便面猫趁叶老师不注意，实施了她的复仇计划。

没多久，米粒的爸爸也起床了。

妈妈说："你应该再睡一会的，在外面画画太辛苦了。"

爸爸说不了，他要把他的画一张一张地配上框，然后一幅一幅地陈列到他的画室。

爸爸的画室在米粒的外婆家。米粒的外婆家在郊外，是这一带有名的风景区，一幢两层的小楼，背后是山，前面是湖，外婆就住在楼下，外婆的房间后面就是母鸡阿黄住的小砖屋，楼上一间最大的就是爸爸的画室，爸爸常常住在外婆家画画。

妈妈本来也想去的，但是爸爸说："这是方向的猫，是方向画画的模特猫，很重要的，如果不照顾好，会影响方向画画的。"

妈妈觉得自己责任重大，就决定留下来照顾方向的猫。

米粒想：那个阿姨叫方向，她的名字怪怪的，做的事就更怪了，她把一只弄不清方向的猫留在别人的家里，也不管别人欢迎不欢迎。

米粒很讨厌方便面猫，她决定跟着爸爸一起去乡下。

米粒的这个决定让方便面猫非常快乐。

家里只剩下她和米粒的妈妈叶老师，方便面猫做出很乖的样子趴在阳台上，她一只眼睛睁着一只眼睛闭着，从阳台一直看到书房。

叶老师正在电脑前写作，仍然是那篇关于动物语言的论文，叶老师写论文特别入神，外界的一切声音都听不见。

方便面猫观察一阵子以后，就放心地走到阳台上，她顺着阳台栏杆，抓到了晾衣架，接着她扯住了晾衣架上的裙子，那件胸前有着大口袋的粉红背带裙。

方便面猫把挂历猫皮拉从大口袋里拉出来。

皮拉立刻大叫起来："不能碰我，我已经被水弄湿了。"

可是，不该发生的事情已经在一刹那间发生了。皮拉被方便面猫拉成了碎片。

方便面猫起初只是想把挂历猫皮拉弄皱，没有想到自己会把皮拉变成碎片。她有些害怕起来，如果米粒回来，一定会找她算账的。她低着头愣了一会儿，接着开始为自己的行为寻找借口。

"我只是想把他弄出口袋，没有想把他撕成碎片，谁让他不乖大声叫唤的。"

"他只是一只不会捉老鼠的大脚猫，他是挂历猫，不是真正的猫。"

"是米粒的妈妈把他变成湿漉漉的，不能全怪我的。"

"那个米粒还把我的胡子都剪掉了呢。"

这样想来想去，方便面猫的脑子开始发胀，她只盼着方向阿姨早一些把她领回去，或者希望米粒在外婆家多住几天，暂时不要回家。

可是，米粒和爸爸只在外婆家呆了半天，下午的时候，米粒和爸爸就一路哼着歌回家了。

叶老师停止了写作，她站起身，看了一眼阳台上的猫，慌不迭地对米粒的爸爸说："哎呀，我忘记给方向的猫泡方便面了。"

方便面猫像雕塑一样坐在阳台上。

妈妈对米粒说："我敢保证，她根本就没有离开过阳台。"

家里所有的地方都没有猫的脚印或者猫的毛，这让米粒的妈妈很满意。

但是，米粒发现方便面猫和早晨米粒离开时的样子完全不同，早晨她一副凶巴巴的样子，用大大的眼睛瞪着米粒，而现在她紧张地、不安地坐在那里，根本就不敢看米粒。

她偷吃鱼了？米粒猜测着。

不，米粒看见粉红的背带裙躺在地上，旁边还有一些挂历纸的碎片，啊，米粒从没有像现在这样发怒，她大叫起来："妈妈，快把这只猫赶出去，我不要看见她。"

妈妈对爸爸说："女孩和猫的战争还是发生了。"

爸爸说："那也不能把方向的猫赶出去，她是方向的模特，不是一般的猫。"

最后，妈妈说："我也不太会照顾她，或许，我把她带到我妈妈那里更好一些。"

尽管方便面猫有些晕车，她还是乖乖地跟着米粒的妈妈去外婆家了。

米粒把挂历猫碎片一点一点捡起来，那洗白的尾巴还留在口袋的一个角落里。然后她哭着给安迪打电话："我的皮拉被方便面猫害死了，变成了碎片。"

安迪说："你们女孩子就只会流眼泪，就不会动动脑筋，为什么不想办法抢救他呢。"

米粒问："那需要打 110 吗？"

安迪说："不需要的，只要请我来就可以了。"

米粒觉得安迪好伟大好伟大，赶紧说："那你马上就来。"

安迪来的时候，手里拿着一支超级大的胶水。

"这是胶水先生。"安迪把胶水横放在地板上，"现在我要请胶水先生帮忙，把我们的皮拉重新粘起来。"

挂历猫皮拉真的还能复活吗？

11. 意外离别

10月23日，老鼠班米告别了皮拉。

方向阿姨也为她的画找到了合适的背景。

方便面猫提出画展结束就离开画家方向。

复活以后的挂历猫皮拉变得有些忧愁。因为胶水的缘故，他的身体变得比以前庞大。

他很担心自己不能重新回到挂历里面。于是他开始想念那些到处流浪的朋友。

那只小小白猫，他现在不知道在哪里流浪？还有白猫首领，他隐形以后需要不需要有一个温暖的家？

皮拉类似的想法越来越多了，以至于他变得越来越心事重重。

一个下午，安迪和米粒正在墙角下观察蚂蚁窝，皮拉独自在附近散步。

小老鼠班米突然出现在他的面前，班米嘴里嚼着口香糖。

皮拉说："你不应该到这里来的。"

班米说："我只是担心你，你好像太胖了，如果你长得太胖就不能回到从前住的挂历上去了，挂历上只有以前的空间。"

皮拉说："这不是馋嘴的结果，我遇到一些意外。"

班米说："很久以前，我的祖先就告诉我，和人在一起准没有好结果。除了我们的蔷薇奶奶。"

皮拉说："如果不能回挂历，我的生命就只有 5 天了，一到 10 月 28 日，我就会消失。所以我在这里就和你说再见吧。"

班米走的时候，用口香糖吹了一个大大的泡泡，泡泡破碎了，糊住了班米整个的脸，这正是班米希望的，他不想让皮拉看见他伤心的表情。

10 月 25 日，方向阿姨从外地返回。

米粒的妈妈早早就接回了方便面猫。

方便面猫在外婆家的时候，常常和母鸡阿黄争抢地盘，母鸡阿黄喜欢站在木栅栏上休息，方便面猫也一定要在木栅栏上休息，母鸡阿黄喜欢沿着河边散步，方便面猫也喜欢沿着河散步，结果，母鸡阿黄追方便面猫的时候崴了脚，外婆对方便面猫也很有意见了。

"我说过，她是坏猫。"米粒对妈妈这样说。

妈妈说："不能在方向阿姨面前说她的猫，知道吗？"

方向阿姨来领方便面猫的时候，客气地说："我的猫给你们添麻烦了。"

大米画家和叶老师一起说："不麻烦，不麻烦。"

方向阿姨接着说："这次外出，我终于找到适合猫的自然背景了。"

以前，方向阿姨画猫的时候，背景都是城市或者森林。当猫出现在城市的夜空，猫像城市的窥探者，显得紧张；当猫出现在森林，猫像是具有魔法的幽灵，显得太过狡猾。

直到方向阿姨见到了一幢别墅，这是一个村庄里的别墅。方向阿姨马上就画下了那幢古老的别墅。

清晨的阳光透过天窗，照射进屋子的光束中飞舞着尘埃，光和尘埃静静地落在深棕色的藤椅上。屋外盛开着洁白的野蔷薇。

方向阿姨说："在这样的背景下，猫和人类会是多么亲近。"

米粒的爸爸赞叹地说："你是一位真正的画家。"

方向阿姨快乐极了，她根本就没有注意到方便面猫一直都耷拉着脑袋跟在身边，看上去一肚子的不开心。

方向阿姨说："如果可以的话，我还想请您去参加我的画展，画展的名字是《我们身边的猫》。当然还要邀请您夫人和米粒。"

米粒的妈妈非常愿意接受这样的邀请。她也正打算帮着策划大米画展。

方便面猫低着头跟在方向阿姨的身后，在乡村的这段日子，她想了很多，她突然很想做一只乡村野猫，她试探着对方向阿姨说："画展结束，我想离开城市。"

方向阿姨说："你想去乡村玩几天也行。我正好也要去那里画画。"

方便面猫说："我是说，我想去任何地方，是的，没有固定的地方，也没有固定的住处。"

方向阿姨愣了愣，她觉得太意外了，自从她在街头把方便面猫领回家，她们就一直在一起，她已经把方便面猫当成家里的成员。

方向叹了叹气，说："我从没想过你会离开。你吃什么都不在乎，饿一些也不乱叫，没有比你更加容易养活的猫了。"

方便面猫说："我不是一只好猫，我弄坏了你好多双袜子，还撕碎了米粒的挂历猫，另外我还常常和母鸡阿黄打架。"

方向阿姨说："如果你觉得你喜欢过流浪的生活，我可以同意你离开我，但是，如果你因为做错了事情而惩罚自己，那我不会让你走的。"

12. 咖啡店的画

10 月 28 日，是画面上或者挂历上的猫返回的日子。

皮拉在这个时候给大家讲故事，他不想让故事和他一起消失在风中。

10 月 28 日，挂历猫皮拉本来要回到他的挂历里去的。可是，他身上有太多的胶水，身体太庞大，已经无法回到挂历中去了。

皮拉心里想着老鼠班米的话："记住，10 月 28 日，是你返回挂历的日子。否则就会消失在风里。"

小眼镜安迪原本以为自己救下了皮拉，可是，他的胶水先生只能让皮拉的生命延长到 10 月 28 日。

也许在白天，也许在半夜，皮拉将消失在风里。

皮拉问米粒："我离开你以后，你还会记得我吗?"

米粒说："我会保存那本挂历。"

皮拉伤感地说："如果你看见白猫首领，请告诉他，放过我的朋友班米。"

这话让米粒和小眼镜听了非常伤心，一辈子都没有捉住过老鼠的大脚猫仍然惦记着老鼠班米，谁让他们是一起生活过的朋友呢。

最后，米粒和小眼镜安迪决定不去想皮拉会消失的事情，他们决定带皮拉去参观方向阿姨的画展。

方向阿姨的画陈列在长江路东面的咖啡屋里，距离长江路小学只有 100 米的距离，米粒班级里的很多同学上学的时候会经过这个咖啡屋。

本来，这个画展和长江路小学也没有什么关系，但是，28 日清晨，长江路小学的学生，就是那个叫马加力的同学，很夸张地在班级里宣布了一件怪事：

那个咖啡屋门口挂了一幅画，画上有一幢别墅，别墅前面开着一些白色的蔷薇花，花的旁边本来是有一只卷毛黄猫的，可是，今天早晨，画上的猫不见了。

大家都不太相信，所以都去咖啡屋前面看画了，只看见画面上有一个白色的虚影，看起来原本应该有一只猫坐在别墅前的。

关于画上走失了猫的话题就这样在长江路小学传开了，大家还特意提到那幅画的名字：《蔷薇别墅的猫》。

高校长一直都侧着他的光头，努力想听清这条新闻。

夏老师悄悄告诉文新雨："很久很久以前，高校长在一幢蔷薇别墅里住过一段时间。而蔷薇别墅在哪儿，连高校长也说不清了。"

文新雨觉得高校长挺可怜，连自己住过的地方都找不到了，就告诉了米粒。

米粒说："这只需要问问方向阿姨就可以了。"方向阿姨外出了两天，就是在这幢古老的别墅里度过的。

米粒和爸爸、妈妈去看画展的时候，只看见那张白色虚影的画。

方向阿姨说："这是非常意外的事情，我也不知道，前几天，方便面猫说想去做流浪猫，昨天早晨她突然就离开了。更想不到的是，画上的猫跟她一起走了。"

画上的猫啊，她为什么在 10 月 28 日走了？她知道不知道今天她如果不返回，那就会消失在风里。

不管怎样，方向阿姨画上的猫走了，她在咖啡屋的地上留下了一行行彩色的脚印，永远地消失了。

关于蔷薇别墅，米粒这样问方向阿姨："方阿姨，你真的在蔷薇别墅住过吗？"

方向阿姨很认真地点点头。

米粒说："那你一定知道去的路了？"

方向阿姨说："不知道，我走出森林以后，就再也找不到那幢别墅了，那幢房子究竟在哪个方向都弄不清楚了。"

啊？一个名字叫方向的画家都找不到曾经居住过的别墅，连大致的方向都说不准。

而皮拉却说："这幢别墅永远也不会消失，本来，我和班米是会永远守卫着这幢别墅的。而且我们回到别墅的方法非常简单，只要向着画面的别墅走去，走着走着，就到了。"

米粒想起，她家挂历上的别墅，就是眼前的这幢别墅。仔细看起来，方向阿姨画的别墅应该是别墅的前面，而挂历上的别墅应该是别墅的侧面。

关于这幢别墅的故事，皮拉想讲给大家听，他说："我不想让这个故事和我一起消失在风中。"

大家在咖啡屋坐下来，皮拉坐在地毯上，面前放着一杯咖啡，冒着热气。这样的气氛让大家暂时忘记了皮拉即将离去的现实。

皮拉就在这个午后给大家讲述了一个关于他、班米和这幢别墅的故事。

13. 蔷薇别墅的故事

一个发生在很久以前的故事：老鼠班米、黑猫皮拉曾经和人共同居住在蔷薇别墅。

这个故事和高校长也有些关系。

这是一个发生在很久很久以前的故事……

老小姐蔷薇独自住在城郊的一幢别墅里，她很少说话，曾经收养过蜗牛、鸟、狗和一个年轻的男人……但是，他们只是在别墅里养好伤口，然后就离开了，再也没有回来过。

一个冬天，蔷薇小姐收养了一只老鼠。老鼠的名字叫班米，他最大的爱好就是搬别人的米，所以，他是一只不受欢迎的老鼠，一直流浪了很多年。为了结束这种生活，他拖着他的小皮箱敲开了蔷薇别墅的门。

蔷薇小姐看了看老鼠破旧的皮箱，皮箱的四个滑轮已经少了一个，看起来经不起拖拉了，于是，蔷薇小姐说："如果你保证不咬坏我的木栅栏，不咬坏我的窗帘，我就同意你住这里。"

班米保证自己不咬木栅栏和窗帘，如果牙齿实在痒痒了，他可以到屋外找一些高粱秆之类的嚼一嚼。

蔷薇小姐觉得班米至少会住到明年春天，所以她准备了足够吃整个冬天的面包和果酱，当她和班米面对面坐在餐桌旁的时候，她很高兴这个冬天有一个伙伴。

班米把自己的房间安排在地窖里，这是他自己的选择。尽管这样，他那些野外的朋友田鼠仍然称呼他是住在别墅里的班米。

到了春天，班米再也不愿意离开地窖，他太喜欢那里的瓶瓶罐罐了。他把别人的米搬回来，装在那些罐子里，他还用瓶子酿米酒。他不再和蔷薇小姐一起坐在餐桌旁吃饭，他更加喜欢在地窖里让自己喝得大醉。

直到有一回，蔷薇小姐到地窖里来取果酱，发现班米直挺挺地躺在地窖的楼梯旁一动也不动。蔷薇小姐摇着头说："哦，可怜的班米，好久没有看见你了，但是，我知道你一直就住在这里，尽管你有些缺点，我也不会把你丢出去喂猫，我会好好埋葬你。"

蔷薇小姐在一簇洁白的蔷薇花下面挖了一个小小的坑，然后拎着班米长长的尾巴，准备把他埋葬在这里。这时候，班米醒过来了，他看见蔷薇小姐流泪的眼睛。班米惊呆了，他从来没有想过，会有人为老鼠的死流眼泪。

班米决定改变自己的生活方式，他要好好地陪伴着蔷薇小姐。

可是，黑猫皮拉突然出现了，作为一只猫，皮拉最大的缺点是不会轻声走路，因为这个，他一辈子没有抓住过老鼠。

他对蔷薇小姐说："我是一只碌碌无为的猫，现在我老了，没有人愿意收留我，请你留下我吧。"

蔷薇小姐说："我理解你，但是，我这里已经住了一只老鼠，我不希望我的别墅里天天发生战争。"

皮拉很生气，他开始发脾气，半夜里，他大声地在别墅的屋顶上走路，他让高大的身影顺着月光投射在别墅的地板上。但是黑夜里最让人害怕的是孤独，皮拉的这些举动蔷薇小姐并不在意。

皮拉又在别墅的篱笆上窜来窜去，把蔷薇花瓣打得漫天飞。在拍打蔷薇花的时候，皮拉把自己的爪子弄伤了。

蔷薇小姐把皮拉抱进别墅，取出白纱布，把他受伤的四只黑爪子一层一层包起来。

班米在这时候开始收拾自己的皮箱，他对蔷薇小姐说："我又要去流浪了，我走了以后，您让皮拉住进来，他比我更加适合您。"

班米伸出他的手，他戴了一副小小的白手套，拉了拉皮拉缠满纱布的爪子，然后就离开了蔷薇别墅。

许多年以后，班米经过了很多地方，他酿造的米酒常常让猫喝醉，但他自己没有再醉过。他想念着蔷薇小姐，他突然很担心黑猫和蜗牛、鸟、狗一样，养好了伤就离开蔷薇别墅。

他焦急地回到蔷薇别墅，看见那只走路大声的黑猫皮拉静静地坐在蔷薇花下面，花瓣一片一片落在黑猫身上，但是黑猫仍然一动也不动。

皮拉，这只从来没有抓住过老鼠的猫看着老鼠班米，眼睛里流出泪水。班米明白他已经再也见不到蔷薇小姐了。

他，流浪了许久的老鼠班米，也静静地坐在蔷薇花旁边，流着眼泪，就像许多年以前蔷薇小姐为他流泪一样。

14. 回到画面

地理学博士高校长一辈子都找不到的地方，居然被方向阿姨画出来了，挂历猫也因此回到了画中的蔷薇别墅。

皮拉的故事讲完了，他长长地松了一口气。

米粒明白了，她家挂历上的图就是故事结尾的情景，也就是方向阿姨画上的情景。

大家都转身去看那幅画，却看见了一个高高的鼻子。

"高校长。"米粒叫起来。

高校长的后面还跟着夏老师、小眼镜和文新雨。

高校长高高的鼻子像胡萝卜一样红红的，他盯着画面，激动地说："那个养过伤的年轻男人就是我。"

高校长曾经是一位地理学博士，在一次野外测量的时候，摔伤过腿，是蔷薇小姐帮他包扎了伤口。

高校长走的时候，对蔷薇小姐说："我是一位地理学博士，我的论文结束以后，我还会回到这里来看你。"

蔷薇小姐心里非常舍不得年轻的博士离开，但她只是笑了笑。

一年以后，高校长重新返回野外，竟然找不到通往蔷薇别墅的路。一位地理学博士竟然迷路了，这让人觉得不可思议。

从此以后，高校长很少出门。

夏老师说："怪不得，校长很少出现在学校以外的地方。原来是怕迷路啊。"

文新雨说："原来米粒讲的猫节和挂历猫皮拉是真的，我们一直以为米粒在说谎。"

夏老师也承认错怪了米粒。

皮拉说："能认识你们真高兴，不过现在我要和大家说再见了。"

小眼镜和米粒拉住皮拉，大家都不愿意皮拉消失在风中。

方向阿姨突然说："让我试试，也许我能帮助皮拉回到蔷薇别墅。"方向阿姨拿出她的调色盘，再拿来一支特大号油画棒，然后，用黑色颜料在皮拉的身上刷了一遍又一遍。

皮拉说："请把尾巴上的白色标记留下来。"

方向阿姨还给皮拉画了一个粉红色的领结。然后说："去吧，皮拉，走进我的画中。"

皮拉就这样走了进去。

高校长也想跟着走进去，但是，他被画面上的玫瑰刺到了。"哎哟。"高校长只能退回来。

夏老师为校长包扎手指，说："你虽然在别墅里住过，但是仍然不属于别墅的一员，你属于长江路小学的。"

大家看见画面上重新有了一只黑色的猫。

第二天，米粒刚刚走进教室，就听见马加力宣布："咖啡店门口又出了怪事了，那幅画上的黄色卷毛猫变成了黑色的猫。如果不相信，你们赶快去看，今天是画展的最后一天了。"

是的，今天早晨，米粒经过咖啡店门口的时候，又特意看了那幅画，黑猫皮拉静静地坐在别墅前，当然没有老鼠班米。米粒想，班米或许在地窖里酿酒呢。

画展结束，这些画将被运到别的城市甚至是别的国家去展出，最后也许会被拍卖。

于是米粒轻轻地对着画面说："再见，可爱的大脚猫，10年以后，无论在什么地方，你都会飞回来见我吗？"

米粒只能看见画上的皮拉的背影，看不见皮拉的眼神。

但是，她突然看见皮拉有一点点白的尾巴迅速地摇了一下。

"啊，你是告诉我，我们还会见面的，对吗？其实，是不是能看见你并不重要，重要的是我们一起生活过，

我们是朋友，永远都是。"

米粒还想起了白猫首领，那只充满哲理的隐形猫，还有方便面猫，那只调皮的漂亮的猫，还有那只被人类抛弃的小小白猫。也许会在某个清晨，在街头或者在公园的角落里忽然就遇见了他们，也许，在某个夜晚，他们轻轻地经过了你的屋檐。

总之，米粒相信，猫儿会用各种各样的方式和人类相处在一起，从来都不远离。

15. 故事以外的故事

关于挂历猫的故事已经讲完了，不过，挂历猫仍然会有新故事，他说不定会在什么时候又出现在米粒或者我们的生活中。

关于挂历猫和米粒的故事结局是这样的：

11月1日，是高校长的生日，这天，米粒走进校园，一眼就看见一幅画，正是那幅《蔷薇别墅的猫》。方向阿姨外出开画展的前一夜，决定把这幅画送给长江路小学的高校长。

挂历猫现在就住在高校长办公桌后面的那幅油画里。

米粒相信，10年之后，她，或者和她一样幸运的男孩或者女孩会再次遇到挂历猫，那将是挂历猫新的故事，米粒希望新的故事中多一些快乐，少一些历险。

下面是和挂历猫无关的一些想法：

米粒常常想，自己可能还会遇到更加多的新朋友，假如米粒获得关于别的节日的消息，比如狮子的节日，那她就有可能会遇到一头从台历、手表或者钟、计算器等等地方走出来的狮子。照这个办法，她还可能交到狗、马、牛等朋友。

米粒相信，他们像精灵一样生活在时光的隧道里，他们会从钟表、台历等一切计算时间的工具里走出来。

关于他们的故事，一定仍然是非常有趣或者非常离奇的。

当然，米粒还不能忘记在清晨、月底或者年底之前让他们返回，否则，他们将会消失在空气里。